紅茶君 Novel × 布里斯 Illust
初戰！范赫辛之子
惡魔獵人NERO前傳

目錄

INDEX

CHARACTERS

本書男主角，出身於家族代代都是「惡魔獵人」的范郝辛一族，實際上卻是古神與外神「舊日支配者」的混血。

個性樂天，喜歡動槍多於動腦。雖然工作是狩獵黑暗中的魔物，但也有不少非人族的朋友。

寶貝武器是改造手槍「米伽勒」、「加百列」，以及巨劍「血魂」。

尼祿的堂姐，當今范郝辛一族排行前五強的「惡魔獵人」，外號「赤色獵殺」，是范郝辛一族的炎之霸王花。

她是個身材火辣性感、個性大剌剌的大姐，常在世界各地到處趴趴走執行家族任務，心愛的武器是一柄上百斤重的戰斧。

CHARACTERS

NO.3 奧斯卡

大名鼎鼎的吸血鬼始祖德古拉伯爵的後代，是紐約市地下三大勢力中「血族」一系的首領，卻與范郝辛一族的尼祿成為朋友。

狼族史上最年輕的族長，紐約市的地下三大勢力之一，尼祿幼時好友，是個嗜武的戰鬥狂。天生很有吸引異性的魅力，但卻拜倒在蜜絲的戰斧之下？

NO.4 拜倫

NO.5 文森

紐約市的地下管理者之一，
實則為范郝辛一族的守護者。

CHARACTERS

天生聾啞，是個沉默寡言、憂鬱深沉的男子。為梵諦岡聖堂騎士團現任No.1聖騎士，號稱「神之刃」，是當今世上四名聖人之一，權能是「空想神兵」，即用言靈召喚傳說中的神話戰器。

NO.6　御神諸刃

尼祿的哥哥，性格冷酷而深沉，奉行實力至上的強者主義。
梵諦岡聖堂騎士團No.2聖騎士，名為「白晝騎士」，外號「沉默的殺神」。
對家族和父親有很重的認同感和責任感，很討厭自立門戶的尼祿。

NO.7　凱薩

序章☆高速之星

尼祿(未來的)性感女秘書：安妮

雖然這樣的開頭有點突兀，不過此刻的我正站在第三度改建，高達三百一十七層的紐約市帝國大廈樓頂——世界第一高樓真的是一件很無聊的排名。

我的招牌黑色大衣正被強風吹得獵獵飛揚，我站在樓頂的最邊緣處，只要再踏出半步就會跌得粉身碎骨。

——只有白痴和自大狂才會喜歡站在高的地方。

我不由自主的想到這句話，我很肯定我既不是白痴，也不是自大狂，那為什麼還要站在這種又冷又高的地方呢？

人家有所謂的「騎虎難下」，我猜我現在則是「騎高樓而難下」了吧。

可惜這空曠的大樓屋頂沒有人會欣賞我的黑色幽默。

我在疾風中大叫一聲，雙足頓地躍起——跳向虛空！

八百七十二公尺的高度，不到一分鐘的時間我就會摔落到地面，全身粉碎得比爛泥還要爛。

——七百五十公尺，我還有四十八秒就會墜落地面。

（時速超過一百公里……一百二十……一百七十……一百九十……該出現了吧！）

在高速下墜的過程中，我的火眼金睛仍睜大注意身旁的每一處細節，深怕疏忽了那稍縱即逝的機會。

——出現了！

在高度來到四百公尺，墜落時間已超過半分鐘的時候，我終於看到了今趟的目標物。

那有點像是過度曝光的底片，外型約半公尺長，成圓柱棍子狀，擁有膜狀物，在我身旁飛行時會如波浪般不停的扭動。

——螺姿（Rods）。

螺姿又稱天空魚（Sky Fish），一九九四年三月首度被發現，至今仍被視為一種不明生物，飛行速度非常快，根據判斷可以超過兩百公里，幾乎無法以肉眼看見，只能以照相機或攝影機捕捉其蹤影。

螺姿常被誤認為UFO（幽浮），但是比幽浮更鮮為人知、更來無影去無蹤，在某些有錢又有閒的收藏家圈子裡可以賣到一筆不小的價錢。

這也是我今天跳樓的原因，不然我的日子雖然苦了點，但還不到想不開的地步。

只有同樣用接近兩百公里的速度移動時，才有可能用肉眼捕捉螺姿的身影。

身為一個區區的、平凡的「惡魔獵人」，可沒有那種經費購買高速飛行的個人噴射器，甚至連租飛機跳傘的錢都付不起。於是，只能用最原始、最直接的加速方式——跳樓了！

這可是真正賭上性命的一次狩獵行動！稍一不慎，下場便是摔得粉身碎骨。

我從懷中掏出預先準備好的電磁波捕獲器，別號「魔鬼剋星3」（Ghost Buster III），別問我為什麼要取這麼一個有侵犯版權之虞的名字，我的家族在命名這一點上從來就百無禁忌。

我打開「魔鬼剋星3」，對準其中一隻螺姿，蜿蜒曲折的電磁波隨即從箱子內射出，正中紅心！那隻螺姿雖然拚命掙扎，卻仍然不敵電磁波的吸力，被硬生生拉進箱子內，然後「蓬！」的一聲，箱子蓋上了。

——捕捉成功！

此時高度只剩兩百公尺不到，再過十秒鐘我就會摔成一堆爛泥了。

「好，接下來只要開啟反引力緩衝裝置，就大功告成了……」

我按了一下腰間的發動按鈕，打算來個漂亮的著地。

……

喀茲，喀茲。

…………

喀茲，喀茲，喀茲，喀茲。

「反引力緩衝裝置不管用啊啊啊啊——！！」

真的是千鈞一髮，幸好在落地前最後三秒，反引力緩衝裝置發揮作用，及時把我在半空中煞住。副作用則是我因為反作用力太大的關係閃到了腰！

閃到腰的惡魔獵人！

我很確定《都會傳奇報》會把這篇報導排在笑話類的第一名。

時間是西元二一〇〇年，剛跨入二十二世紀的第一個年頭。

地點是美國的紐約市，根據非官方統計，這裡是世界上「非人族」和「人族」混雜比例最高的城市。

我的名字是尼祿．范．郝辛（Nero．Van．Helsing），今年十八歲，是大名鼎鼎、封印了吸血鬼始祖德古拉伯爵（Dracula）的范郝辛博士之後代，從西元一八七九年以來，傳承至今的第四十八代「惡魔獵人」。

只不過，目前正處於三餐不繼的窘況之中……

01章 人可以沒有志，但是不能沒有錢

紐約市，皇后區——

身為全世界最富裕繁榮的城市，就算皇后區在紐約市已經是屬於比較「平民」的地區，但是平均消費仍然高於其他區的水準。對於一個初出茅廬的「惡魔獵人」來說，就是不可負擔之輕了。

簡單的說，就算處於紙醉金迷的大蘋果（Big Apple，紐約市的別名）中，也不是每一個人都可以過得衣食無缺，還是有很多人必須每天為五斗米折腰，過著如工蟻般忙碌的生活。

就像我一樣。

＊　＊　＊

「啊啊～肚子好餓。」

我躺在「范郝辛事務所」辦公兼住宅的客廳地板上，將近一百八十公分的結實身體，如今正貼在地板上，不斷發出「好餓～好餓～」的怨念。

說是事務所，其實連招牌都還沒掛上去，而且校長兼撞鐘的員工只有我一個人……前任屋主因為某種不可告人的因素（簡單來說就是鬧鬼啦！）所以急著脫手出售，我透過房屋仲介找到這間遠低於市場行情的標的。至於作祟的鬼怪……在我把改造靈槍「加百列」抵在它的額頭之後，它立刻很爽快的答應去轉世投胎了。

不過，就算是遠低於市場行情的房租，在寸土寸金的紐約市，一個十八歲的年輕人要討生活還是一件很不容易的事，而且我從事的還是冷門到不行的「獵魔人」這種行業。危險性高，收入不穩定，還隨時會有喪命的風險……要不是家族不可違背的天命及傳統，我寧願去當苦力都比當「惡魔獵人」來得輕鬆！

冒著生命危險跳帝國大廈捕捉螺姿賺到的錢，在付了積欠兩個月的房租、水費、電費、彈藥費、聖水費、還有租反引力緩衝裝置的預付租金……這些全都一次繳清之後，我連伙食費都沒剩下了。

附帶一提，我已經兩天沒吃飯了。

「嗚嗚～好餓～真的好餓啊～」

就算抱怨了那麼多，我的飢餓感仍然不能得到滿足。尼祿・范・郝辛，十八歲，正面臨人生中最大的危機，從梵諦崗來到紐約市一個月，連事務所的招牌都還沒掛上去，就要英年早逝——而且還是活生生餓死在自家辦公室。

「奇怪……我好像看到了死去的爺爺，在一條很大的河對岸跟我招手……？」

就在我開始看到不應該看到的幻覺，而這本書的主角也有可能出師未捷身先死的時候，門外忽然響起了清脆的敲門聲。

叩！叩！

「……繼幻覺之後，現在換幻聽了嗎？」

叩！叩！叩！叩！

門敲得愈來愈急，似乎不是幻聽，而是確確實實的有人在敲門。

「來了、來了。」我不得不從地上爬起來，走到門口去解開門鎖，把大門打開。

會是誰呢？不可能是客人，事務所根本連招牌都還沒掛上去呢。

「如果是要推銷的，我沒什麼東西要買的……」

我的語音戛然而止。

站在門口的是兩名年輕男子。其中一名頂著有如皇冠一般高貴優雅的金髮，整體和五官都流露著非凡的美貌，彷彿是在神的寵愛之下所打造的完美藝術品，又像是一尊會走動的黃金雕像。

如果光是看他的外表，你一定會覺得像是「奧斯卡」這種名字配他實在太過平凡了！他的名字中間應該有著「萊因哈特」或是「阿茲納布爾」之類的單字，口頭禪應該是「我們征服的盡頭是星星大海」

或是「這都是年輕氣盛犯下的錯誤啊」之類的臺詞。

在他身後的是一名綁著馬尾的黑髮男子，穿著一套毫無皺褶的高級黑色西裝，感覺有點像是黑道人士Cosplay成執事──黑執事（我愛死了這種雙關語），然而從他身上散發的洗鍊氣質，就像是一柄千錘百鍊的武士刀，銳利得讓人不敢正視。

──蓬！

我二話不說，重重的把門關上。

「走錯門了。」

叩！叩！叩！叩！

「尼祿！你在幹什麼？是我啊！你今生最好的朋友，前生靈魂的伴侶，奧斯卡來看你了啊！」

門外傳來很沒氣質的大叫聲。

「主人，需要我把這扇破門連裡面的傢伙一起切開嗎？」

還有不溫不火，像是一道黑色影子般的低沉聲音。

「你們想對別人家的門做什麼！」

我最後還是不得不開門，放外面的兩個煞神進來。

「真是的……竟然對上門的客人用這種態度……」金髮男子一邊咕噥著，一邊走進門來，隨即掏出一條絲質手帕，用很嫌惡的表情摀著鼻子。「這是什麼？好濃烈的窮酸味！天啊！怎麼有人可以在這種地方活得下去呢？這種鬼地方叫我多待一秒鐘都受不了！」

我差點就要掏槍出來在金髮男子的額頭上開一個洞，但是我實在太餓了，連生氣的力氣都沒有。

「奧斯卡，」我沒好氣的道：「沒人請你來，你不喜歡的話可以立刻離開！門就在你後面，慢走不送。」

奧斯卡．弗拉德子爵（Oscar．Vlad），大名鼎鼎的吸血鬼始祖——德古拉．弗拉德伯爵的後代，是紐約市地下三大勢力中「血族」一系的首領，換句話說就是紐約市吸血鬼的頭頭。

在他身後如影子般寸步不離的黑大個，則是他最得力的助手——「黑影」休斯（Hughes），同時身兼管家和愛人。

這裡有一個相當詭異且驚悚的現象，我必須要解說一下。

奧斯卡是德古拉的後代，還是個吸血鬼。

我是范郝辛教授的後代，也是個惡魔獵人。

正常來說，我跟奧斯卡應該是世仇兼宿敵，就像水與火那樣天生不容、一見面就該拚個你死我活的情形才對。

不過偏偏奧斯卡是個驚世駭俗的反骨仔，而我也是一個離經叛道的「范郝辛」。所以當我單人獨劍來到紐約市時，奧斯卡第一個領著休斯來見我，還對我伸出示好的友誼之手，我選擇了回握。

那真是我一生中最錯誤的一項選擇。

我後來才知道，奧斯卡原來是個雙性戀，這個看似完美的金髮青年根本就是一臺沒有煞車的發情機器，而且更該死的是他喜歡男人還比女人多一些！對奧斯卡來說，一個范郝辛家族的惡魔獵人絕對是他獵豔榜上排行有數的收集品。

很不幸的，我對男人一點興趣都沒有，雖然戀愛經驗不多，但我肯定自己是個百分之百的異性戀！但是不管我怎麼軟硬兼施的拒絕，奧斯卡就是不死心，甚至不惜在公開場合放話說要「追求」我，甚至還放出謠言說我是他的「禁臠」，氣得我差點上門去把他給斃了。

總而言之，我和奧斯卡的「孽緣」就是這樣建立起來的。我之所以沒有把他幹掉的唯一原因，是因為到目前為止，他是我這個門可羅雀的事務所唯一的客人。

吸血鬼首領竟然是獵魔人事務所唯一的客戶！祖宗在天有靈，一定會氣得想從墳墓裡爬出來把我幹掉。

「對事務所唯一的衣食父母來說，你的待客之道還真是讓人不敢恭維，尼祿。」奧斯卡輕鬆且高傲的微笑，完全無視於我想一拳打上他面門的衝動。

我咬牙切齒的道：「你是專程來嘲笑我的嗎？吸血鬼族長不是那麼閒的工作吧！」

我盡量不讓自己的語氣聽起來像是鬥敗的狗在吠，不過似乎不太成功。

「雖然要你這樣的野蠻人注意禮貌是太過苛求，但我還是希望你和主人講話時能注意一下尊卑之分。」站得像根標槍般挺直的休斯，用他那一雙深邃無比的黑眼珠瞪著我，冷冷道：「或是，你比較希望由我親自來調教你貴族禮儀？」

我相信打從第一眼見面開始，休斯從沒有一天喜歡過我，這一點我也一樣。

我用力哼了一聲，「如果你們是來找碴的，最好明天請早，我今天已經用完跟人打架的力氣了。」其實我是餓到沒力氣跟他們發火了，但只有這一點我打死也不能承認，為了「惡魔獵人」的自尊。

「你的腦袋裡永遠都只有打打殺殺嗎？尼祿！你什麼時候才能學著長大一點？」奧斯卡搖頭遺憾的說道。

「只有你沒資格講我，你這個萬年發情男！」我不屑的道。

休斯的臉色沒什麼好看，奧斯卡倒是一副無所謂的樣子。

「我不是來跟你吵架的，尼祿，有案子要給你接。」

我想也不想的就回應道：「很抱歉，這個月的案子已經接到滿檔了，下個月也是，你還是明年……不，下輩子再來吧！」

「是嗎？」奧斯卡可不是這麼容易打發的角色，他那形狀優美的嘴唇勾起一絲莫測高深的微笑，「我怎麼聽說，剛剛才有人從帝國大廈跳下來，就為了抓一隻傳說中的生物『螺姿』，而且還以不到十萬塊美元的低價賤賣掉了……」

我咕噥著道：「一定是那個租我反引力裝置的情報販子……我回頭一定要把他的招牌拆掉！」

奧斯卡挑了挑他那英挺細緻的眉毛，微笑道：「面對現實吧，尼祿……我是你這間連招牌都沒有的事務所唯一會上門的客戶。如果不是我，你就要露宿街頭了。」

我悶哼了一聲，沒有回話。

「如何，願意接案嗎？」奧斯卡丟出魔鬼的細語，「酬勞保證豐富，而且還附贈一塊事務所招牌，夠義氣吧！」

最後一個條件擊潰了我那沙堡堆砌起來的自尊心，不得不說奧斯卡真的很懂得談交易。

「我要一半預付，現金。」我臉不紅氣不喘的道：「而且事成之後，你再也不能說我跟你有非友誼的交情，我已經受夠上街老是被人盯著屁股看了！」

「成交。」奧斯卡失笑道。

我的寒毛一整個豎起來，奧斯卡答應得太爽快了，反而讓人懷疑他是黃鼠狼給雞拜年。

奧斯卡不說話的時候可媲美大藝術家精心雕刻而成的完美藝術品，但是任何只注意他皮膚以上的東西，而忽略了他其實是一個活了一百五十年的純種吸血鬼的人，下場絕對會很慘很慘。

我試探的道：「我猜我現在不能說我反悔了？」

「你可以反悔，」奧斯卡很快的微笑回道：「但是我也會立刻出高價把這塊破事務所的地皮買下，原屋主可是每天都在後悔當初出租得太便宜了呢。」

我立刻像是被人當面打了一拳。

「你這是趁人之危！」

「你第一天認識我？」奧斯卡大言不慚的微笑。

我恨恨的道：「好！看來你早就有備而來了……說清楚委託吧。先說好，我是絕不會介入你和狼族之間的戰爭的！」

就算是很少看電影和漫畫的人，也該知道吸血鬼和狼人是世仇。

紐約市的地下三大勢力，分別是「城市管理者」的文森，「血族」的奧斯卡，和「狼族」的狼王拜倫。其中又以血族和狼族長年爭鬥不休，是紐約市最不穩定的火藥因子。

奧斯卡驕傲的道：「我堂堂『黑夜王子』奧斯卡，還不會墮落到需要靠惡魔獵人來幫我對付那群連腦袋都長毛的野獸！我要委託你的另有其事。」

我用手指掏了掏耳朵，不耐煩的道：「到底是什麼事？有話快說，有屁快放！」

休斯皺了皺眉，看來很想衝上前來給我一點教訓，但被奧斯卡用眼神制止了。

奧斯卡終於打開小丑的嚇人箱，而且裡面放的不只是嚇人的小丑，還有殺人的毒氣。

「壞帝……這名字聽過吧？」

「壞帝?!」我嚇一跳的表情是貨真價實，不是裝出來的，「那個號稱東方的大吸血鬼？和你的祖先德古拉伯爵並稱東西兩大吸血鬼始祖的壞帝！」

「果然，我就知道你有做功課。」奧斯卡露出詭計得逞的得意笑臉。

「你去死吧！」

我的雙肩和臉上的表情一整個垮下來，奈何接了委託就不能反悔，這是范郝辛一族的鐵律和傳統，連我也不能違背。

我徹徹底底被奧斯卡坑了。

02章 最慘的不是死亡，而是死不掉

尼祿(未來的)性感女祕書：安妮

「據說那個壞帝已經到了美國本土，目的好像是為了找本公子的麻煩……唉！再怎麼說人家也算是長輩，我總不好意思當面跟對方起衝突，而我麾下的那些徒子徒孫也不可能是東方老祖宗的對手……想來想去，只有你是最適合的幫手人選啦！尼祿★」

——明明是吸血鬼還裝什麼可愛啊！而且最後面那個星形還染成黑色是怎麼回事？你是黑心商品嗎？

大概是看到我一副很想撲上來把他大卸八塊的凶狠樣子，奧斯卡沒有回應我的吐槽，而是指示休斯走上一步，把預先準備好的箱子打開，裡面是滿滿一疊的現金鈔票……看到這些錢後，就算奧斯卡跟我有殺父之仇，也可以暫時握手言和了。

太不公平了！奧斯卡明明就是算準好我的弱點才過來的！

抱怨歸抱怨，無奈窮到一貧如洗的我最後還是很不爭氣的留下箱子和現金，眼睜睜的看著奧斯卡和休斯揚長而去，再次丟給我一個燙手山芋。

還是會燙死人的那一種。

＊　＊　＊

我徒步前往距離事務所約十分鐘左右的市區，這年頭在大都市已經很少有人會步行超過五分鐘以上了，個人移動器和大眾運輸系統的多樣化，使得走路移動幾乎像是晴天撐傘一樣的不可能選項。

但是絕不包括我這種一窮二白的惡魔獵人。

我的目的地是每座城市都有的那種地下情報販子，而我要找的是其中最有能力，卻也可能是最危險的一個——全知者（The Knowing）。

據說全知者是古代大圖書館——巴比倫圖書館的某一任館長，他對於知識的渴求甚至用「求知若渴」來形容都嫌太過客氣。光是圖書館內可比那由他數（注：無限大的前一級計算名稱）的藏書還不夠，他還命令館員四處出外搜刮書籍，甚至不惜殺人劫貨（書）。

全知者這肆無忌憚的求知方式終於惹怒了造物主，降下神罰，讓全知者擁有他夢寐以求全世界所有的知識，但同時又詛咒他只能擁有記住三件事情的記憶力，以現在的學理來說就是「順行性失憶症」。

擁有全世界所有的知識，卻連自己是誰，甚至剛吃過什麼東西、剛見過什麼人，都可能記不起來，因為他所有的記憶只能維持三十秒，一次最多只能記住三件事情。這就是神明給他最終極的處罰，而且還不容許他解脫，因為他連自殺這種念頭都不被允許記住……

至於我為什麼會認識這名全知者，那又是另外一個故事了。

我一路朝鬧區的深處前進，來到一條小巷的盡頭，直到一面破舊的塗鴉牆出現在我面前……然後我持續跨步，穿牆而過。

這是概念魔法「這裡有牆」，專門用來糊弄與黑暗世界無關的正常人，卻難不倒我這個惡魔獵人。

全知者必須住在與世隔絕的地方，這是為了他自己好，也為了大家好。

我拖著太過疲累的雙腿來到全知者的隱居之處，如果有其他選擇，我絕不會想要來找他，但是奧斯卡所給的有關壞帝的情報實在太少，少到甚至我上網去查詢「壞帝」這關鍵字可能都還會多一點認知。

壞帝是打從創世紀以來便存在的古老邪惡，真正的強者，而能探索或知曉他祕密的，只有同樣古老的存在，例如全知者，其他不夠格的全都死了。

全知者就躺在一處光線彷彿永遠都照不到的陰暗處，他身材極瘦，穿著一件應該從來沒洗過的破爛斗篷，全身骯髒到了極點，身旁到處有蒼蠅飛舞，地上也有蛆蟲爬行，而那些生物全都是他的食物——在他記得進食的時候。

他全身都散發著腐敗發臭的氣味，我相信那是持續一千年以上忘了洗澡累積而成的。而他四周的牆壁、地面、斗篷，甚至他身上的每一個部位，全都刻滿了密密麻麻的小字，那是他偶爾清醒的時候用來提醒自己要記得的東西，但這全都是徒勞無功，因為轉眼間他便會連當初寫過這些東西的事都忘記了。

全知者注意到我的來到，用空洞而狂熱的表情瞄了我一眼，只是那一眼就讓我感覺到徹骨的冰冷，彷彿連靈魂都要被挖走一樣。

傳說中全知者可以活生生取走一個人腦中的知識和記憶，來滿足他那永遠填不飽的求知欲望，我一點也不想知道這個傳說是否為真。

全知者的注意力只在我身上停留了不到一秒，接著又低頭喃喃自語起來，彷彿當我不存在一樣。

如果他把注意力放在我身上太久，那才麻煩大了。

我乾咳了一聲，然後道：「好久不見了，歐茲（Oz）。」

歐茲是全知者的本名，只有能夠正確呼喚出他的本名，才能夠吸引到全知者的注意力，而又不被吞噬掉自己的靈魂。全知者就是這麼危險的存在！

全知者緩緩地抬起頭來，空洞的眼神像是在瞪著我，又像是什麼都沒在看。

「誰在叫我……歐茲……這是我的名字嗎？我好像聽過這個名字的……歐茲是我……我是誰……這是哪裡？」全知者低沉而沙啞的聲音像是冰冷的毒氣，讓人連呼吸都覺得困難。

我深呼吸一下，繼續道：「歐茲，是我，我是尼祿，范郝辛一族的惡魔獵人。記得嗎？我父親帶我來見過您。」

跟全知者對話是一件相當危險的事情，因為你根本不知道他在跟你對話的時候，會記得哪些東西，忘記哪些東西。而且會不會一時興起，就拿走你的記憶來填補他的空白。

果然，全知者茫然的道：「范郝辛……那是什麼……是可以吃的嗎？我記得……有幾個范郝辛……有來看過我……詹姆斯……夏洛克……林肯……亞歷山大……肚子餓了……我剛剛才上過廁所……」

我忍不住皺了皺眉，就算跟最嚴重的精神病患對話，也比跟全知者在這裡浪費時間來得好。但是全知者剛剛確實提到了幾個范郝辛一族的名字，證明他真的是記得一些事情的，問題是我能不能問出來？

「尊貴的歐茲館長，我需要您集中一下注意力，幾秒鐘就好。」我盡量以溫和有禮的口氣道：「我想知道有關於壞帝的事蹟，他的情報，您有什麼可以告訴我的嗎？」

「壞帝，又是一個似曾相識的名詞……」全知者悲傷的道：「我肯定聽過這個名字的……在哪裡呢？為什麼我全都想不起來了……我還記得……當年……很久以前……有一個頭戴皇冠……身穿龍袍……相貌凶惡的人也問過我一樣的問題……虛……浮……虛浮在哪裡？」

「虛浮？那是什麼？您想起來什麼了嗎？歐茲館長。」我問道。

全知者忽然抬起頭來，全身充盈著瘋狂的怒氣，「你是誰……為什麼在這裡！我又是誰……我知道了……你是要來搶我的書對不對！不能原諒……想跟我搶書的人……統統不能原諒！」

不好！我還來不及做出任何反應，腦海裡忽然像走馬燈一樣閃過一連串我記得的、甚至不記得的記憶片段，然後又飛快模糊消失掉。

「歐茲館長！」我大叫起來，同時以最快的速度從外套中掏出我的兩柄愛槍之一——史上威力最強大的自動手槍「沙漠之鷹」（Desert Eagle），再經過教廷十三課的改造與祝福，由我親自命名為「米伽勒」和「加百列」。

「加百列」噴火！

——砰！

子彈來到全知者身前，卻被他連看也不看的——彷彿身前有一堵無形的鋼鐵之牆——彈了開來。

「你剛剛做了什麼……你對我開槍……要殺我嗎……你是敵人……想要搶我的書……壞人……壞人該死……！」全知者用彷彿來自地底的深沉聲音，對我舉起枯瘦的右手。

「喔啊啊啊啊！」我的腦袋像是要炸開來一樣，構成「尼祿．范．郝辛」這個人物的組成分子——記憶的片段像是洪水潰堤一樣從我體內流出，奔流向全知者的身上。

——冷靜！全知者的不死之身不是沒有破綻的，亞歷山大教過我方法，我應該記得的……

……咦？我手上拿的是什麼東西？

因為記憶被全知者逐漸吸走，我連戰鬥的臨陣反應都幾乎流失，連自己手上的武器都認不出來！這樣下去，我很快就會變成一個腦袋一片空白的白痴！

幸好我的戰鬥能力經過千錘百鍊的魔鬼訓練，靠的已經是本能而不僅是記憶，我另一隻空著的右手自動掏出「米伽勒」，雙槍在手，想也不想的便朝全知者不斷開火！

——砰砰砰砰砰！

密集的子彈全數朝全知者射去。

「又幹什麼了……沒有用的……我的不死之身……是由神親自給予的詛咒……誰都殺不死我……嗯嗯……你是誰啊……為什麼對我開槍？」全知者一邊說著不著邊際的胡言亂語，一邊毫不費力的把子彈全數彈開。

「沒錯……就是這樣……你已經死了……」我不是憑經驗，而是以本能說出了如上的勝利宣言。

我其中一顆打在地上的子彈，經過不規則的反彈，竟然從一個看不見的死角射進全知者的背部。

「喔喔——?!」全知者身軀一震，發出意味不明的叫聲，即使是「中彈了」這件事情，也沒有辦法在他腦內停留超過十秒。

但是由全知者身上發出來那股恐怖的吸力確實暫停了一下，我得以重新舉槍瞄準全知者。

「不死之身……還有一次只能記住三件事情……這都是神所給予你的詛咒，既然這樣……把它變成一件事情就好了……」

全知者迷惘的道：「你說什麼……什麼不死之身……三件事情……你到底是什麼人……我在這裡幹什麼？」

「有人，開槍，擋開……這是你那可憐的金魚腦袋內一次能夠同時處理的三件事情，所以如果我一次先後發射三顆以上的子彈呢？」我邊說邊扣下扳機。

砰砰砰！

三顆子彈一如預期的被彈開。

噗！

第四顆子彈，我以「無時差射擊」擊出的跳彈，歷史重演，一如剛才射傷了全知者的肩膀。

「嗚喔喔啊！好痛……怎麼回事……我被射傷了嗎？」

「雖然是不死之身，但是痛楚的感覺並沒有失去，這也是神所降臨給你的詛咒……」我的語氣在堅定中不免帶有一絲憐憫。

砰砰砰砰砰砰！

六連射。

除了照例被擋開的第一波子彈外，剩下三顆跳彈無一虛發的打入全知者的頭顱，讓他的軀體像是觸電般的一陣痙攣，然後倒在地上。

「再見了！歐茲館長，後會無期！」趁全知者中槍倒下的剎那，我立刻頭也不回的落荒而逃。

全知者是殺不死的，就算砍下他的頭，或是把他的軀體燒成灰燼，他也會立刻復活，而且很快就會連自己曾經「死亡」的這件事情都忘得一乾二淨。

我從未想過永生是如此悲慘的一件事。

03章 吸血鬼和狼人都不是我的菜，美女才是

舊日支配者：克蘇魯

我像逃命似的離開了全知者所在的巷子，一路氣喘吁吁，還不時回頭看，生怕他從後面追上來，十足的驚弓之鳥。和全知者會面從來就不是什麼愉快的經驗，十年前父親帶我第一次來時是如此，十年後我自己來也是如此。

也多虧有了老爸多年前帶我走過這麼一遭，要不然我今天不可能全身而退。不過他偶爾興起的一時之作，並不能抵銷他丟下我們三兄妹不聞不問長達十年之久，我對他的不滿可不會這麼容易消失。

提到老爹，似乎就容易讓我的血壓飆高，還是不想了。

我重新踏上人來人往的鬧區。

雖然冒著失去記憶變成白痴的風險，結果我還是什麼情報都沒得到，除了一堆胡言瘋語之外。唉！因為被全知者吃掉部分記憶的關係，我的腦袋到現在還有點隱隱作痛，只希望全知者奪走的那些不會是太重要的回憶。

……?!

不知道什麼時候，我的四周只剩下我自己一個人，周圍完全沒有半個人的氣息，四周籠罩在一片閒靜的氣氛中。太過寂靜了，這絕對不正常，已經是異常了。

「月之結界……還有這撲鼻的腥味……是狼人嗎？」

身為一個「惡魔獵人」，我走在路上被伏擊的頻率，大概就跟一般人每個月固定去便利商店的次數一樣多，早已習以為常。不過，這次還是很有點不太一樣。某種我不能忽略的壓力，隱隱欲出，讓我不由自主的把手放在風衣內的槍柄上。

——呼！

來了！一股野獸般的腥味和勁風一起朝我捲來。

砰！

我側身避過襲來的勁風，同時扭腰拔槍，一槍往逼近而來的黑影射去。

「吼！」

一聲高亢的嚎叫從耳朵直衝我的腦門，我像是當面被人打了一拳那樣的眼冒金星，讓我忍不住罵了一句髒話。突然，身前捲起一道黑色旋風，是那種如果被捲進去，絕對會粉身碎骨的致命旋風。

「好！你跟我來真的是吧?!」我咬牙切齒的道，反手拔出背後的大劍「血魂」，據說當年老范郝辛教授就是用這一柄劍插進德古拉的心臟，封印了吸血鬼之王。

拔出「血魂」來，證明我是真的生氣了，這傢伙挑了一個最不適當的時機挑釁我。

「看劍！」我高舉「血魂」，下一秒，黑色的鐵塊挾帶能斬石劈鐵的勁風斬向敵人。

「嗚！」對方發出一聲短促的慘叫，向旁邊躲開。

「哈哈哈哈！要打架了嗎？來吧來吧～」敵人發出一連串豪邁的大笑。

「白痴！」我理都不理對方，又是一劍砍去。

「來吧來吧！來廝殺吧！」對方雙拳互擊，哈哈大笑。

這個白痴還是沒變，喜歡在奇怪的地方認真起來。

敵人再度閃過我這一劍，然後一個漂亮的右後迴旋踢，再轉化為一個左前踢，不過也一樣被我漂亮的避開了。

「再來！再來！」

敵人一邊呱呱大叫，一邊施展間不容髮的連環攻勢，或拳、或抓、或指、或肘、或膝頂、或腿掃、或頭錘，簡直是將身體的每一個部位均化為凶器，排山倒海的攻勢幾乎將我掩沒。要做到這一點，沒有超乎尋常的肌肉韌性、爆發力、持久力，還有長年不間斷的鍛鍊，是絕對不可能達成的。

可我也不是省油的燈。我大聲吶喊，「血魂」劍刃宛如九天瀑布般由頭頂斬下，以力破巧，以簡破繁，用最直接的斬擊硬拚對方機關槍般的肉體攻擊。

——砰！

對方所有的攻勢都擊在「血魂」的劍面上，乍聽之下只爆出一聲爆響，但其實已經對擊了近乎上百次。

「哈哈哈哈！痛快！痛快！」

我們兩人一邊以超高速移動位置，一邊展開激烈的攻防，有如在跳一場高水準的雙人圓舞曲。

啪！

劍鋒和拳頭互拚過最後一擊，我們兩人齊齊一震，各自彈開。

「哈哈哈哈哈！過癮！真是過癮啊！」來人以手按面，仰天狂笑。

……真是夠了。我趁對方在狂笑的時候，快步走上前，然後用力一拳朝對方的頭頂揮下。

蓬！

「好痛！」來人痛得連眼淚都飆了出來，雙手抱頭，蹲在地上慘叫連連，「……反對暴力，反對虐待動物！」

我收回「血魂」，雙手抱胸，冷冷望著來人道：「你這個戰鬥狂沒資格跟我講這種話……拜倫。」

「狼王」拜倫（Byron），紐約市地下三大勢力之一，狼族史上最年輕的族長，是個嗜武若狂的戰鬥狂。

我跟他之間有一個不能告人的祕密，別誤會，不是那種B開頭L結尾的耽美祕密。跟奧斯卡那種單方面為了個人興（性？）趣而跟我交好的原因不同，「狼王」拜倫跟我這個「惡魔獵人」，我們兩個是真正的生死之交，從小就認識的好朋友。

拜倫的性命，是我老爸亞歷山大從仇人手上救回來的。

拜倫的父親是狼族的前前任族長，在決定下一任族長的決鬥中落敗身亡，奪權的新族長立意斬草除根，拜倫的全家人都死於新任族長的肅清行動中，只有拜倫一個人被老爸救了出來。

拜倫的父親和我的老爸也是那種不打不相識的交情，而老爸似乎因為沒能來得及保住故友一命這事多少感到愧疚，所以不惜打破范郝辛一族的規定，把一個年幼的狼人帶在身邊，然後在老爸的流浪癖再度發作之前，拜倫和我共度了三年的童年時光。

但是拜倫始終難忘滅門血仇，後來他離開我們，回到紐約市挑戰當初的殺父仇人——「血狼」奧古斯都。在經過一番浴血苦戰後，年輕的狼人鬥士打敗了殘暴的奧古斯都，拜倫為父報仇，也成為了狼族的新任首領。

我和拜倫自分離之後就不曾聯絡，不過恩人之子獨自來紐約市發展，身為地頭蛇首領的拜倫在第一時間就收到了消息。事實上，他還是第一個我在紐約市碰上的「非人族」。拜倫一上來便表明身分，也幸好我及時認出當年「狼仔」的依稀面孔，否則感動的故友重逢，就要變成一場人狼大戰了。

拜倫曾經立過血誓，終生奉范郝辛一族為主，所以拜倫一見到我就行跪拜大禮，還要把狼族族長的地位拱手讓我時，真的是讓我嚇了一大跳。

不用想也知道，我當然是立刻拒絕。要是我這個范郝辛後代的「惡魔獵人」還得靠狼人照顧才能在紐約市混，傳出去我尼祿也不用做人啦！

經過一番唇槍舌戰、你來我往的激烈攻防之後，直到我以翻臉離去相逼，拜倫才終於答應屈服，和我約法三章，只在私底下以朋友相稱，公開場合，惡魔獵人和狼族之長仍是水火不容的死敵。也因為如此，拜倫每次想要和我私底下見面時，都得搞出一些很花俏的把戲，來確保我們兩個見面時的機密。

不過我最近開始懷疑……該不會是他自己本來就很喜歡這種方式吧？

拜倫像個做錯事被體罰的小學生一樣，視線偷偷地向上游走，確定我沒有生氣了，才怯生生的道：「我……我是聽說奧斯卡那個花花公子跑去找你，怕你吃他的虧，所以趕快跑來保護你……」

我聽得連青筋都冒出來，「不要用那種我好像會被男人玩弄的說法好不好！你到底把我當成什麼人了？我可是范郝辛一族啊！第四十八代的惡魔獵人啊！」

「……奧斯卡的私人禁臠？」

「你真的很想死嗎？」

大概是看我臉色不善，拜倫終於停止胡說八道下去，雖然我知道這傢伙的出發點是為了我好，但是我一點都不想要一個肌肉男公關來當我的保姆，誤會我的人已經夠多了。

不能怪我以「肌肉公關男」稱呼拜倫，那傢伙一年三百六十五天都穿著生怕別人不知道他有肌肉的緊身皮衣，粗獷而陽剛的五官，兼具野性和俊美的外貌，姿態會讓人聯想起行走在領地的百獸之王。

有一次我為了任務需要潛入以「非人族」為主題號召的地下夜店，拜倫得知消息後隨即也跟過來想要「保護」我，結果狼族之王的雄性賀爾蒙一飄入場內，立刻引起一陣騷動！成千上百的女性人族和非人族彷彿餓了幾天的食人魚一擁而上，幾乎就要把拜倫給生吞活剝了！

可想而知那一次的任務當然是以失敗告終。我知道原因之後，整整笑了三個小時，笑到拜倫差點惱羞成怒要跟我拚命，從此以後他在我面前的封號就多了一個「肌肉公關男」。

既然拜倫出現在我面前，我就知道紙包不住火了，如果我不把奧斯卡的委託內容告訴拜倫，不用想也知道拜倫的下一步立刻就會去找奧斯卡，這兩個人的見面下場會怎樣，我連想都不敢想。

＊　＊　＊

「……壞帝?!那個東方的始祖?號稱最古老的大吸血鬼之一!」

聽完整件事情的經過，除了一開始提到壞帝的名號有讓拜倫吃了一驚之外，其他時候他倒是很冷靜的專心聆聽，也沒有任何激動的反應，充分顯示出一族之長的領袖風範。

「嗯～～」拜倫眉頭深鎖，樣子有點像是擇物待噬的獵豹。「這中間一定有鬼……」

我一臉無趣的回應：「還用你說。」

「不，你不懂。」拜倫一臉認真的道：「尼祿你畢竟只是一個『人類』，不瞭解非人族的規矩，尤其血族又是其中臭規矩最多的一個部族!東方的始祖來找西方的族長，此事非同小可，甚至有可能引發非人族之間的世界大戰!那個發情機器不可能不知道這一點，卻還偏偏找上你委託，怎麼想也不對勁!太異常了……」

我咋舌道：「有這麼嚴重啊?」

拜倫苦笑道：「就是有這麼嚴重……嗯?」

我和拜倫同時感受到寒徹心肺的殺氣——那個也是「異常」。任何正常的人都不會擁有這種殺氣，那是只有生活在黑暗世界、殺戮上癮的重度患者，才可能擁有這樣異常的殺氣。

「你們都在這……太好了……省得我一個個去找……」

如刀刃般的清冷嗓音，和高跟鞋踩在地面上的清脆響聲，一起傳入我們耳中，也象徵著月之結界的破解。

拜倫喉間流露出不悅的低鳴，眼神也因暗藏的憤怒而變得赤紅：「來者何人？」

「來制裁你們的人！」

一名異常美麗的女子出現在我們視線之中。神祕又幽深的紅玉雙瞳，如瀑布般流洩的飄逸長髮，身姿卻如薄紗後的剪影般朦朧不明，只有她散發出來的殺氣卻異常的冰冷尖銳。

我訝異的挑了挑眉毛，「愛倫妮絲（Erinyes）?!」

「竟然和希臘神話中的復仇女神同名！」拜倫沉聲道：「你認識這個女人？」

我苦笑道：「只是聽過，有點算是同行吧，不過絕不是你會想認識的那種同行。這個女人，該怎麼說呢……手法比范郝辛一族激烈多了。」

「『狼王』拜倫，『惡魔獵人』尼祿，」被稱作愛倫妮絲的神祕女人緩緩道：「奉正義與秩序之名，我要在這裡將你們兩個處決……」

04章 以罪爲名的十字架

惡魔獵人：亞歷山大·范·郝辛

「什麼？」拜倫嘴巴張大的可以塞一顆雞蛋，「妳要制裁我們？有沒有搞錯！」

「呃……那個，拜倫，我想她不是在說笑。」我忍不住出言提醒不太看書的狼男公關，「復仇女神是秩序的象徵，自然之法的守護者。換句話說，就是你們非人族的天敵。」

「告訴我你是在開玩笑的。」拜倫道。

我嘆道：「很抱歉，不是。」

「制裁我們？就憑她？」拜倫失笑道：「抱歉，不過我實在看不出來，這小妮子除了在床上跟我玩SM之外，有什麼機會制裁我？」

我忘了提，拜倫是個該死的大男人主義者。

果然，愛倫妮絲深紅色的眼眸像是一把利刃般射向我們，特別是拜倫。

「很好……這就是你的臨終遺言嗎？」

「會放狠話的女人？很好，我喜歡！」拜倫雙手抱胸冷笑道：「排隊想要跟我一夜情的女人有很多，不過我欣賞妳的創意，還有妳現身時的排場，我就特別恩准妳插隊吧！妳家還是我家？」

我聽到這裡終於懂了，拜倫不是精蟲衝腦的自大狂，他只是想要激怒這個女人而已。

這個策略證明真的非常成功！因為愛倫妮絲手一揚，從她身後冒出有如實質一般的濃烈瘴氣，瘴氣形成一隻巨爪，然後朝我們當頭揮下。

「我的媽啊啊啊啊啊～！」

我和拜倫在千鈞一髮間躲過瘴氣巨爪的攻擊，拜倫還發出很不爭氣的慘叫聲，剛剛趾高氣揚的氣勢全沒有了。

粉碎的爆響震動了路面，飛沙走石中，愛倫妮絲和瘴氣巨爪的身影一起出現在我們面前。

我急著叫道：「等一等！愛倫妮絲，我們沒有理由和妳打起來……好吧，至少我沒有。我是說，我可是惡魔獵人啊！我跟妳至少在某種程度而言算是同行吧！『自然守護者』？」

愛倫妮絲冷冷道：「已經墮落到和野獸淪為一國的人……沒資格再自喻為光明的守護者！」

「什麼墮落？妳在說什麼？」我訝異的問道：「我怎麼一個字也聽不懂？」

「再裝傻也是沒用的……我已經都知道了，你接受了來自黑暗的委託，甚至捲入了吸血鬼一族的奪權爭鬥！你等於是汙辱了你們范郝辛一族千年來的獵魔盛名……身為秩序的守護者，我絕不能容許你這樣的敗類繼續存在下去！」

「什麼?!」我愈聽愈是心驚，我是范郝辛一族的背叛者?這女人知道自己在說什麼嗎?

「尼祿！」拜倫大喝道：「不要聽這女人胡言亂語，先打倒她再說！」

拜倫一邊說一邊用力把我推開，也幸好他及時出手，要不然我的上半身可能就要跟下半身說再見了！但是拜倫自己也被那一爪波及，右邊肩膀滲出血跡。

「這瘋女人是來真的！」拜倫叫道。

「還用你說！」我吼回去道。

「有何對策？」拜倫道。

「用你的男性魅力跟她調情如何？」我道。

——呼！

瘴氣之爪從我們頭頂揮過，只差一點就要撕爛我和拜倫的腦門。

「爛透的主意！」拜倫都快哭了。

「夠了！我的忍耐是有限度的！」我拔出「米伽勒」和「加百列」，對著愛倫妮絲道：「立刻給我停手，愛倫妮絲！不然就算是同行我也不會手下留情！」

回答我的是毫不留情襲來的巨爪。

「哇啊啊啊啊！」我在危急之際身形一扭，好不容易避過一爪，然後立刻對準愛倫妮絲開槍。

砰！

槍只一響，子彈卻有兩發。

槍是經過教宗親自祝福的改造手槍，子彈上附有范郝辛一族的獨特靈力，是斬妖除魔的最佳利器。

子彈來到愛倫妮絲身前。

愛倫妮絲發出一聲刺耳的尖嘯，然後她的身影像是透過三稜鏡的偏射投影一樣，變得朦朧而扭曲，然後子彈就這樣穿過了她的身體。

「嘩！」拜倫咋舌道：「變魔術嗎？」

「那是把肉身暫時回歸到靈質界，使得位階較低的物質界武器沒有辦法造成傷害。」我邊跑邊喊道：「那可是高級神祇才能做到的事情，別把它說得好像街頭藝人的把戲一樣！」

「你懂得還真多，小時候家裡沒溫暖，所以都把自己關在書房嗎？」拜倫邊閃避爪子還邊不忘調侃我。

「上網搜尋啊！網路無國界，那裡什麼都有！」我不甘示弱的回譏道：「還是你要告訴我，堂堂狼族之長連開機上網都不會！」

「哼！可別小看我，我上個月就知道了，所謂關機是按鈕讓螢幕熄滅變黑，而不是一拳把它砸爛！」

「……不，是我錯怪你了，你是真正的原始動物啊！請容我向你致敬！」

這種眼睛濕濕的感覺是什麼？是洋蔥，一定是因為加了洋蔥啊。

「你們兩個蟲子！跑來跑去就算了，還在那邊胡說八道什麼?!」

愛倫妮絲怒了。巨爪將道路一分為二，轟隆聲和爆響震撼了鄰近社區，但在保命第一的原則上，沒有人敢走近觀看個究竟。

但是以為我們兩個只是在講垃圾話和四處竄逃，就是愛倫妮絲的最大失策。

「準備好了嗎？」拜倫忽然冒出這一句。

「當然，你可別拖累我啊。」我道。

「你們在說什麼？」愛倫妮絲似乎終於注意到了蹊蹺。

可惜太遲了。

「說妳上當了！」我和拜倫異口同聲的道。

——?!

愛倫妮絲直到此刻才發現到，那圍繞在自己身旁，若有似無，隱含燦光的細線——細線迅速將她層層捆繞。

「這種無聊的東西！看我馬上就——咦?!」

愛倫妮絲驚訝的發現，不論自己如何用勁，那細線竟是掙之不斷，甚至連自己想要提高神格至靈質界的能力，都似乎被封印了！

「這——怎麼會——怎麼可能——?!」

我和拜倫各攥絲線的一端，帶著詭計得逞的狡笑。

「這可是東方來的A級法寶——捆仙索！專門用來對付靈質界的神祇之用，就算大羅金仙碰上這條捆仙索也只能乖乖束手就擒，何況妳還只是半仙的等級。」我對著動彈不得的愛倫妮絲道。

剛剛愛倫妮絲以為我和拜倫在四處竄逃的時候，事實上我們是在用肉眼難見的捆仙索布下天羅地網，一味沉溺於攻擊的復仇女神，根本沒發現到自己反落入了獵人的陷阱。

「好懷念啊，以前少年時期，常常被伯父訓練，像這樣和尼祿合作抓鬼呢！」拜倫懷念的道。

我則是因為想起了那段魔鬼訓練的日子而臉色發青，「拜託你了，拜倫，不要提起那段不堪回首的記憶好嗎？我都快吐了……」

拜倫突然臉色一變，顯然也想起了自己在我那變態老爸的魔鬼訓練下，日夜徘徊在鬼門關卡的恐怖歲月，「我錯了……原諒我吧……」

「你們這些罪人——打算愚弄我到什麼時候！」愛倫妮絲發出不甘與怨恨的咆哮。

我拉了一下纏在手上的絲線道：「唉呀～看來有人還搞不清楚發球權在誰手上呢！」

愛倫妮絲發出一聲痛嘶，捆仙索對靈體有著傷害的作用，要不然也不會被列為A級法寶了。

還好我當初離開梵諦崗時，有把變態老爸留下的范郝辛祖傳家當全部打包帶走，可見我有先見之明。

拜倫發出那種電影裡三流壞角色才會發出的邪笑聲：「你說，我們是要把她清蒸好呢？還是油炸好呢？把復仇女神剝光裸體遊街似乎是個不錯的主意？」

只可惜復仇女神似乎沒有什麼幽默感，愛倫妮絲忽然發出一聲震耳欲聾的尖嘯，分貝大概有一百臺超重低音響一起發聲那麼高，那一瞬間我還以為我的耳朵要聾掉了，我相信拜倫也是一樣。

變異還不只如此，隨著愛倫妮絲的尖嘯，我的心臟同時出現異樣的刺痛，覺得臉上有液體流下，用手一抹，才赫然發現那全是鮮血！拜倫也是。

拜倫又驚又怒，「媽的！這是怎麼回事？這女人還在搞什麼花樣……」

也難怪拜倫會吃驚，因為被捆仙索困住還能暴起傷人的，即使在文獻上也沒記載過，復仇女神是超出我們理解範圍的存在嗎？

愛倫妮絲那豔麗的紅唇，露出刀刃般危險冰冷的微笑。

「理解到了嗎……你們這些罪孽深重的罪人啊！你們流下的鮮血正是你們背負的罪惡有多麼沉重的證明！跪下吧！懺悔吧！在『背負原罪的十字架』之前，你們要一直承受著地獄業火的洗禮，直到身心都獲得重生！」

「妳……這女人……胡說八道……什麼啊?!」拜倫痛苦的咬牙切齒。

我對拜倫的痛苦絕對能感同身受，因為我此刻也有一種生命力似乎迅速從體內流失的感覺，更可怕的是我根本不知道該怎麼阻止……

別開玩笑了！一天之內，先是失去記憶，再來又失去壽命！我還很年輕！還不到應該失去這麼多的年紀啊！

「不必掙扎了……乖乖在原罪的十字架面前懺悔……面對自己的罪惡吧！」

愛倫妮絲的聲音，彷彿是某種不可違逆的詛咒一樣。

「別開玩笑了……妳這個……搞不清楚狀況的復仇女神！」我吃力的舉起右手的自動手槍「米伽勒」，對準愛倫妮絲的額頭。「我可是范郝辛一族啊！制裁罪惡是我們一族的天職……絕不會……讓別人……搶了我的工作！」

我扣下扳機。

——砰！

一道清白色的光束切開了空間，貫穿了愛倫妮絲的額頭。

「什——?!」愛倫妮絲帶著一臉不可思議的表情，仰天倒下。

「我本來也不想這麼做，是妳逼我的……」我對著愛倫妮絲的屍體，一臉無奈的道。

愛倫妮絲一死，那個影響我和拜倫生命力的力量隨即消失，只有精力旺盛這個優點的狼人來到我身旁，一臉餘悸未消的樣子道：「這女人到底是什麼來歷啊?竟然連捆仙索都差點困不住她……你也是，既然有辦法斃掉這個女妖就早點出手啊!害得我們差點沒命。」

我露出苦澀的表情，聳肩道：「再怎麼說也是舊識，不到必要我也不想下此重手……再說，灌注范郝辛一族的靈力子彈，可是壓箱底的法寶，不到最後我也不希望動用。」

拜倫訝道：「你該不會跟她……?嘿嘿，那個過吧?」

我罵道：「去你的!你的思考模式快要跟奧斯卡一樣了!」

「奧斯卡!」拜倫像是想起什麼大叫道：「這個女妖怪一定是他派來的!不會有錯!」

我皺起眉毛，若有所思的瞇起眼睛道：「別胡亂猜測，你並沒有證據。」然而我卻沒有對拜倫說，剛剛一瞬間，我也曾經閃過同樣的懷疑。

拜倫愈講愈激動的道：「不會錯的！除了奧斯卡，還有誰可以這麼準確的掌握我的行蹤？我前腳才來找你，刺客後腳就踏上門來！還說了我們兩個是罪人的一堆鬼話！根本就是吃醋的老公找殺手，要一舉幹掉老婆和外面的小三嘛！我絕對不會和他善罷干休的！」

「……等等，我剛剛好像聽到很不得了的東西。」

「不會錯的！哼，我和尼祿才是真正的青梅竹馬啊！不過是半路殺出來的小三，也想要橫刀奪愛！我要讓那個發情吸血鬼知道自不量力的下場！」

「都跟你說等等了！聽我說啊！」我終於忍不住叫起來道：「你知道自己在說什麼嗎？這部是熱血奇幻的動作小說，不是那種描述禁忌之戀的成人耽美啊！」

「……」

「……」

「抱歉，我剛剛太激動了。」拜倫終於擺脫了無腦的熱血模式。

「沒關係，冷靜下來就好。」我道：「不過你說的話也有一定的道理，去找奧斯卡吧，正好我也有些事情要問他。」

「去找奧斯卡是一定要的，不過我就不跟你去了，否則我們倆見面，一定會拚得你死我活，到時候你也難做人吧。」

「拜倫，你偶爾也會說出一些有常識的話嘛。」

「……你到底把我當成什麼了？」

05章 另一個范郝辛

惡魔獵人：亞歷山大・范・郝辛

我和拜倫道別，並決定儘快找到奧斯卡，推掉這個看起來已經徹底失控的委託案件。

就算要把訂金還給奧斯卡也在所不惜，錢總是要有命留著才能有地方花。

還好奧斯卡為了要防範「壞帝」來襲，暫時離開了「夜城區」的根據地，要不然我這個范郝辛一族的傳人如果出現在吸血鬼的地盤，免不了就是一場腥風血雨了——當然是他們的血。

我先打手機給奧斯卡，沒有人接，並不意外，可能又在跟哪個愛慕者滾床單了吧？我甚至連對象是男是女都沒興趣知道，也不排除兩者皆有。

既然打不通，我只有親自過去一趟了。

幸好奧斯卡曾經把他私人住所的地址給我，那當然是為了讓我有機會可以去他的住所被他「寵幸」，可想而知我當然是從來沒去過，卻沒想過要在這種時候走上一趟。

我在路邊攔了一輛計程車，一路往郊外的高級住宅區開去，這邊隨便一棟房子都是正常人工作十輩子也買不起的水準，貧富差距即使到了二十二世紀也沒有半點改善的跡象。

我在一棟除了華麗還是華麗的大宅前下車，離開時司機的臉色不是很好，大概他期待會來這種地方的人，小費應該給得更大方一點吧。

真是要不得的妄想。

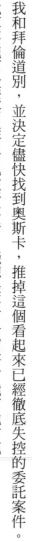

我走到帶有濃烈歐式皇家風格的大門前，舉目望去是美輪美奐的庭園造景，和大到讓人看不見盡頭的玫瑰花園。我試著去想像奧斯卡在玫瑰花園裡享用下午茶的場景，卻發現怎麼也很難把那個男人跟「優雅」兩個字連在一起，可能是那傢伙給我一年到頭都在發情的印象太根深蒂固了吧。

我在五彩繽紛的玫瑰花田中步行，腦中的警報器開始鳴聲作響，奧斯卡和休斯不可能到現在還沒有發現我的到來，一定是出了什麼狀況！剛剛手機無人接通，或許就是事有蹊蹺的先兆。

想到這裡，我的腳步不由自主的加快起來，往洋房的方向奔去。

——?!

眼前所見到的光景，恰好印證了我的不祥預感。

在漫天飛舞的玫瑰花瓣中，有一個曼妙的成熟女性身姿，模樣十分跋扈的，彷彿是宣告天上天下唯我獨尊那樣的傲立著。及腰的銀色長髮，還有上等翡翠般的迷人雙瞳，給人一種不食人間煙火的神祕感，但是那紅色風衣外套底下的柔軟身體所散發出來的氣質又太過挑釁，構成一種高反差的美感。

神祕女性手上拿著一把跟她那曼妙身姿一點都不搭配的雙柄巨斧，那應該是讓一個成年壯漢來拿都很吃重的分量，但在銀髮女郎的手上卻如羽毛般揮灑自如的感覺。

最讓人怵目驚心的，是她腳下踩著一個人。

——「黑影」休斯！

而在她面前，則是半跪在地上，一臉狼狽、一身是傷的金髮貴公子。

——奧斯卡！

應該是紐約市最強大的兩名吸血鬼，竟然被一個人類，還是一個人類女子，打得毫無還手之力?!

那個一向最愛乾淨，連身上有半點灰塵都會馬上拂掉的「夜之貴公子」奧斯卡，竟然會被打得滿身血汙！彷彿是鬥敗的公雞？

「妳……」我望著那個銀髮女子，聲音像是被掐住似的沙啞，「蜜絲（Miss）姐姐……?!」

「嗯?」銀髮女子回首向我望來，眼神充滿了戰意與高傲。突然她喜出望外道：「小尼祿?!」

「啊啊啊啊啊啊!真的是蜜絲姐姐!有沒有搞錯啊?為什麼妳會在這裡啊啊啊啊——」我像是崩潰病發的精神患者一樣，指著銀髮女子大叫。

蜜絲．范．赫辛（Miss．Van．Helsing），我的堂姐，大我四歲，今年剛滿二十二，巨蟹座，B型，外號「范赫辛一族的炎之霸王花」！

光聽這外號，就知道她是絕對惹不得的人物。還記得我小時候，就有好幾次是因為這個蜜絲堂姐，她美其名為「鍛鍊」，事實上怎麼看都是「折磨」居多的行為，而差點蒙主榮召去了。

偏偏我那個變態老爸又很喜歡她，或許是兩人在變態的程度上情投意合吧，簡直就是用「忘年之交」來形容也不為過的交情。如果要說這世上有誰會真正的使我畏懼，變態老爸排第一，蜜絲堂姐絕對可以排上第二！

但是蜜絲堂姐應該是在倫敦——范郝辛一族的大殿鎮守才對啊！為什麼會跑來紐約市？還把奧斯卡和休斯兩隻吸血鬼打得落花流水？

不是我要說，蜜絲堂姐的戰技可是師承我那變態老爸——號稱范郝辛一族史上最強的劍士直傳，實力在當今整個范郝辛一族中可以排進前五名，就連我也不是她的對手。

不過，雖然我早就知道蜜絲堂姐很強，但是一個人單槍匹馬闖進紐約市血族族長的住所，而且還憑一人之力把兩大吸血鬼打得幾無還手之力，不論是實力或膽識，都已經到了超越「狂妄」可以形容的地步了！不愧是變態老爸的得意門生。

「砰！」

蜜絲堂姐手腕輕輕一翻，差不多有兩公尺長的雙柄巨斧滴溜溜地轉了一圈，隨即斧柄深深的插入地面。不管怎麼看，都不覺得像蜜絲堂姐那樣千嬌百媚的美女和她那纖細的手腕，能夠揮灑重逾百斤的巨斧到如臂使指的地步，不過我們范郝辛一族本來就不能用常理評估。

「哼哼，」蜜絲臉上露出豔麗的笑容，對著我道：「幾年不見，小尼祿你似乎長高了不少嘛？變得有一點像是大人了，那話兒不知道有沒有跟著成長呢？」

「這是妳對好久不見的堂弟見面的第一句話嗎？」我紅著臉道：「這已經構成性騷擾了！我要去法院控告妳！」

「哼哼。」蜜絲雙手交叉抱在胸前，把原本就顯得雄偉的胸部襯托得更加突出，那已經超越了凶器，而是達到神器的領域了。「害羞什麼？小時候你和凱薩還搶著要跟我洗澡呢！怎麼，長大了就想翻臉不認人了嗎？」

「啊啊！不要再說了！那都是因為太過年輕氣盛犯下的錯誤啊！」我雙手抱頭不住搖動，「我已經不是當年的小孩子了！不要再拿以前的事來說了！」

「哼哼，連包莖都還沒蛻乾淨的小男孩也到了會害羞的年紀了嗎？」蜜絲嗤之以鼻的道：「也好，再怎麼說我也是你的堂姐，就多少給你在外人面前留點面子吧！」

「妳的說法哪裡有幫我留面子了？妳根本是恨不得我身敗名裂吧！」

「……尼祿……一起洗澡……包莖……」

——奧斯卡！你不要一邊自言自語一邊流鼻血啊！你可是吸血鬼啊！吸血鬼跟人學流什麼鼻血啊?!

雖然我不知道奧斯卡現在腦裡在妄想什麼念頭，但是我可以肯定那絕對不會是讓我愉快的內容，甚至我還考慮順便幫蜜絲一個忙，直接補這傢伙一槍算了。

「你們兩個……是舊識？」

虛弱的問話聲從蜜絲的腳下傳出來，休斯雖然被打倒在地，但天生堅毅的他仍未打算就此屈服。只可惜他碰上的是蜜絲，超級S屬性的女王大人！

「我沒叫你開口，給我滾回你的地底去！臭吸血鬼！」

蜜絲眉頭一皺，腳下用力一踩，只見彷彿有十頭大象般的壓力往休斯身上壓去，連地面都被這股沉重的壓力給壓出蛛網般的裂痕。

「休斯！妳這臭女人！快放開他——」

休斯畢竟是奧斯卡的第一副手，更是最忠心的管家兼朋友，奧斯卡說什麼也不可能眼睜睜的看著他被人當蟲子一樣踩死。雖然身上負傷，卻仍然想要第一時間拯救愛將。

可惜他遇上的對手是蜜絲，當今范郝辛一族中最強悍的女人，外號「赤色獵殺」。

凡是銀髮紅衣走過的地方，腥風血雨，寸草不留。

蜜絲露出獵豹狩獵的微笑，揚手一招，雙柄巨斧猶如倦鳥歸巢般回到她的手上。然後她高高舉起戰斧，揮下！

就只是這麼一個簡單的動作，虛空就破碎了！

巨斧切斷了空間，斬碎了奧斯卡的「意念障壁」，斬入了奧斯卡的身軀，簡直就像是熱刀切奶油一樣，一路長驅直進，毫無阻礙。

用亞特蘭提斯大陸的傳說金屬──歐里哈魯鋼所打造的超重戰斧，名為「赤色獵殺」，也是蜜絲堂姐她外號的由來。在蜜絲和「赤色獵殺」的面前，沒有斬斷不了的東西，這是每一個范郝辛都知道的常識。

只可惜奧斯卡不是范郝辛一族的人。

幸好奧斯卡反應極為敏銳，在斧勁觸身前一刻往後急退，才避開了被斬為兩半的危機，但是也受了不小的負傷，即使以高階吸血鬼的再生能力，要讓傷口完全復原都得要一、兩天去了。

可惜蜜絲連一、兩個小時都不會給他。

「吸血鬼的異能……對已經掌握古神之力的我而言，是沒有半點意義的……把這句話刻在你的墓誌銘上吧！」

蜜絲把重達一百公斤的雙柄戰斧扛在肩上，用像是在自家庭院散心的悠閒步伐，慢慢的來到半蹲於地的奧斯卡面前，然後一斧揮下——

——鏘！

星火四濺。

我攔在奧斯卡身前，用「血魂」擋下了蜜絲堂姐的必殺一斧。

媽的！這是什麼怪力啊？這傢伙真的是女人嗎?!

我全身的骨頭都在發出受力過多的悲鳴，即使雙手用上全力，也很難跟只用一手握斧，而且看似游刃有餘的蜜絲抗衡，這就更讓人氣結！

蜜絲用熠熠生輝的冰冷雙瞳看著我，嘴角雖然在笑，但從她那姣好的朱唇裡吐出來的話，卻比冰柱還要冰：「小尼祿……你竟然會為了吸血鬼……還是德古拉直系一脈的吸血鬼跟我動手……你腦袋是被蛀蟲掏空了嗎?!」

我必須用盡吃奶的力氣才能和蜜絲完成對話：「蜜絲堂姐……我和這傢伙……多少還算有一點交情……能不能看在我的情分上……暫時放過這兩人一馬……」

「喔？」蜜絲頗感興趣的偏了偏臉，冷笑道：「惡魔獵人竟然在幫吸血鬼求情……我一定是聽錯了吧？還是你其實不是尼祿……你是變形怪假扮的？」

「變形怪有辦法用范赫辛一族的祖傳寶劍『血魂』嗎？妳這是故意栽贓啊！」我含淚叫道：「還有，妳能不能壓輕一點啊？我的腰快斷了！」

不是開玩笑的，我感覺我的脊髓骨和「血魂」都處於一種快要「喀啦！」一聲斷成兩截的狀態，這女人的力氣簡直比十個狼人加起來都恐怖！其實妳是女的綠巨人吧？

「小尼祿……年紀輕輕腰就不行啦？這樣太糟糕了！讓大姐姐來教你好玩的事吧……」

蜜絲還在用調侃的語氣跟我說笑，這女人簡直是魔鬼！

「要教尼祿怎麼滾床單的人只能是我啊啊啊啊！妳這女人休想橫刀奪愛！」奧斯卡在我背後發出很不合時宜的抗議。

「……」

蜜絲指著我咋舌道：「原來……你們兩個是那種關係啊？無怪乎……小尼祿你要護著他……不但超越種族……連性別也一起超越的禁忌之愛嗎？」

——不，蜜絲堂姐，妳完全誤會了！我現在就跟妳認錯，請妳放手讓我退開，直接一斧把我背後那個變態斬成兩半吧！

我實在很想跟蜜絲堂姐這樣說，但是從劍上傳來重逾千斤的壓力，又壓得我一個字都講不出來，深怕只要鬆一口氣，我和背後的奧斯卡就會一起被斬成兩段了！

我一點都沒有跟男人……還是個吸血鬼殉情的意思啊！

蜜絲來回看著我和奧斯卡兩人，然後點點頭，持斧的手由單手改為雙手。

「雖然亞歷山大叔叔臨走前曾交代要我好好照顧小尼祿你，但是一旦你墮入了邪道，甚至和范郝辛一族的死敵吸血鬼發展出了禁忌之戀，我也只好大義滅親……揮淚斬馬稷——親自斬了你小尼祿！」

蜜絲堂姐用一種蘊含著無比悲痛和決心的語氣，對我宣告著無疑是判處死刑的決定。

就跟妳說妳完全誤會啦！而且妳用那麼冷門又是東方的譬喻，誰聽得懂啊！我在心中大聲叫苦道。

06章　赤色獵殺的實力

惡魔獵人：亞歷山大・范・郝辛

蜜絲・范・郝辛（Miss・Van・Helsing）。

范郝辛一族最強的守護神——漢尼拔・范・郝辛（Hanniball・Van・Helsing）的親生女兒，也是范郝辛一族歷代以來最強的「劍皇」——我那變態老爸，亞歷山大・范・郝辛（Alexander・Van・Helsing）唯一承認的直傳弟子。

因為擁有那樣顯赫的身世，導致蜜絲堂姐年紀輕輕就已經是當代范郝辛一族的排名前五強之一，實力和聲望都足以和族母刻意扶持的凱薩——我那討人厭的異母兄長分庭抗禮，甚至爭奪下一任族長之位。

不過蜜絲堂姐卻很早就表明對族長之位毫無興趣，她跟我那武痴老爸一樣，只對兩件事情感興趣——和強者之間的戰鬥，還有斬妖除魔。

在我還是流鼻涕小鬼的童年時代，我從來沒有勝過蜜絲堂姐，一次都沒有。

即使經過了這麼多年，即使我已經成長到獨立開業，成為一個名符其實的「惡魔獵人」，我還是沒有勝過蜜絲堂姐的信心，一點都沒有。

然而，因為一場陰錯陽差的「誤會」，我被逼得不得不和蜜絲堂姐兵刃相見——說「兵刃相見」或許是我自己往臉上貼金，事實上，這是一場我如果不極力反抗的話，就會被蜜絲堂姐秒殺、而且是剁成肉醬那種很慘的死法。

我還不想英年早逝，也不想死在蜜絲堂姐的「赤色獵殺」戰斧之下，更別說會留給世人我是為了保護奧斯卡那個混帳色情狂而死的錯誤印象了。

可是蜜絲堂姐實在太強了！她的實力根本不和我在同一個檔次，如果讓蜜絲堂姐真的認真起來，我想要在她的斧下保住小命，除非是有奇蹟出現吧。

或者是……

「尼祿是我的啊啊啊啊！我不會讓任何人傷害他啊啊啊啊啊！」

奧斯卡暴喝一聲，躺在地上的身形忽然瓦解，爆散成一團黑霧。

「——霧化?!這是壽命超過三百年以上的血族始祖才可能擁有的轉化異能，才不過區區兩百歲不到的你為什麼……？」蜜絲首次露出訝異的表情。

「因為本公子是天才！更因為我對尼祿愛的力量，讓我超越了血族的極限！」

「……」

——奧斯卡！我發誓，要是過了今天我沒被蜜絲堂姐幹掉，我一定要親手用「血魂」把你永遠埋葬！

我對奧斯卡的殺意已經沸騰到了今生的頂點。

短短幾句之間，從奧斯卡體內散發出去的黑霧已經像暴風雪一樣，在蜜絲身邊颳起風暴。

「就算你變成三頭六臂，我還是一樣能把你一斧兩斷！」蜜絲露出鬥神般凶猛高貴的笑容，玉手一揮，比她人高的雙柄戰斧化成一道銀色的奔流，切開了黑霧。

簡直就像是傳說中的摩西分海一般！我吃驚的望著這一幕。

「——嗚！」

黑霧中傳來奧斯卡的悶哼聲，看來就算是化身成幾無實體可言的霧狀，挨上蜜絲堂姐的一斧也絕非易事。

「奧斯卡主人！」

可是蜜絲分神去對付奧斯卡，就給了蟄伏一旁的休斯有了可乘之機，只見他從管家服飾下掏出數根黑色的鋼針，黑針編織出死亡之網射向蜜絲堂姐。

「喔……沒想到你還有力氣站得起來……」蜜絲堂姐似笑非笑的補上一句，跟著踏前一步，換手揮斧，由下往上用力一揮！

真的就只是這麼簡單不過的一個動作。

黑色鋼針全被蜜絲堂姐看似隨意的一斧擋掉，不只是格擋，她還連消帶打，雙柄戰斧乍起又落，鋒刃朝休斯的頭頂揮下。

「——！」

這招不論是速度、反應、力量，都遠超越奧斯卡他們所知的人類極限！

蜜絲堂姐太強了，唯一能和擁有千年歷史的「范郝辛槍鬥術」分庭抗禮的「范郝辛斧戰術」，就是由蜜絲堂姐她一手創立，她在中至近距離的戰鬥範圍內是無敵的，除了我的變態老爸亞歷山大之外，誰也別想勝過她！

「休斯——！」

奧斯卡還未從剛剛的一斧中復原過來，眼看蜜絲堂姐這一斧就要把休斯從中分為兩半！要不是我及時把休斯撞開的話，奧斯卡肯定要少掉一個好管家。

可是我馬上就後悔了，雖然暫時解救了休斯的燃眉之急，但是蜜絲堂姐的殺氣馬上如蛆附骨般轉往我這邊纏來，壓迫力彷彿有形的牆壁一樣向我逼來。

「媽的！伸頭縮頭都是一刀，只有拚了！」我知道此時退無可退，面對蜜絲堂姐鬼神辟易的斧技，心存畏懼退讓只有死得更快。我踏前一步，手中「血魂」迎向後者的「赤色獵殺」。

——噹！

我全身一震，喉頭一甜，勉強壓下幾乎奪口而出的鮮血，但整條右臂已經痠麻到失去感覺，這到底是什麼樣的怪力啊？

「尼祿別怕！我來救你了！」

一大團黑霧彷彿浪濤般洶湧而來，一下子便籠罩住方圓五丈內的空間，還以蜜絲堂姐為中心不斷旋轉起來，形成一個漏斗狀的黑色結界。

蜜絲一聲冷笑：「以為練成了『霧化』，我就奈何不了你了嗎？沒說你不知道，就算是霧化程度比你更高的始祖級吸血鬼，本小姐也殺過好幾隻！」

蜜絲的翡翠色瞳孔閃過一絲殺機，我見狀暗叫不好，立即挺劍再上，一道赤光閃過，人劍有如砲彈一般衝向蜜絲堂姐的我，總算是及時擋下了這必殺一斧。

蜜絲堂姐也不吝惜的讚嘆道：「小尼祿，確實有點進步了啊。」

我苦笑道：「過獎了。」

我已經豁盡全力，卻只能換來蜜絲堂姐「有點進步」的評語，除了苦笑還是只能苦笑。

「『他』說得果然沒錯，或許集你們三人之力，說不定真的能與壞帝一拚。」

我愣住道：「壞帝?!蜜絲堂姐，妳莫非是為了壞帝而來？『他』又是誰？」

蜜絲堂姐一笑道：「接我三招而不死，我們再來聊剩下的吧。」

「等等！蜜絲堂姐，打打殺殺的太煞風景了！我們要不要考慮別的方式聊天?比方說來個英式下午茶之類的？」

「與其有空說廢話，不如想想怎麼保住這條小命吧！」蜜絲堂姐一邊失笑道，一邊揮舞著雙柄戰斧往我攻來。

「——！」刃光一閃，我立刻往後躍開，卻還是來不及閃避。

「第一招——」

雖然僅是輕輕擦過而已，但已經在我的腹部留下一條又長又深的傷口，范郝辛戰衣的防禦功能簡直就像是紙糊的一樣，只是第一招便已讓我重傷！

這就是蜜絲堂姐認真起來的實力。

「第二招——」

還沒來得及讓我喘一口氣，蜜絲堂姐的第二招又來了。一招比一招狠，蜜絲堂姐完全是來真的，她是真的要置我於死地！

可惡！我才不要英年早逝呢！還是死在自家人手上這種丟臉到家的死法！

幸好就在蜜絲堂姐的戰斧直劈而下的時候，我的援軍也及時趕到。

一陣突如其來的強風帶著黑霧，轉眼間便把蜜絲堂姐周圍的空間填滿。

「還來？」蜜絲堂姐看也不看便要繼續劈下那一斧，但天生敏銳無比的戰鬥直覺，卻讓她的背脊起了一陣惡寒，那一斧便將發未發。

「本公子可不會拿同樣的招式來對待女人！」

姑且不論奧斯卡這接近性騷擾的發言，蜜絲堂姐確實在無形的霧氣中，感覺到無以數計的細微殺氣！

隱藏在霧中，似有似無的刀光劍影。

要是蜜絲這一斧繼續劈下，即使我會因此喪命，但同一瞬間她也會遭遇霧氣內數以萬計的隱藏利器攻擊，免不了百孔千瘡。

「『霧化』加上西蒙一族的操影術嗎？的確是不錯的組合啊……」蜜絲堂姐嘴角揚起一絲無畏的微笑。

在這種情形下還能笑得出來，也只有「赤色獵殺」了。

「傷害奧斯卡主人的人，不管是誰，都不能原諒。」

霧氣中傳來休斯冷靜但是憤怒瀕臨爆發的聲音，看來他與奧斯卡正式聯手了。

「讓夜之貴族負傷的罪可是很重的！就算妳是尼祿的堂姐也不能原諒！」

奧斯卡看來也動了真怒。

籠罩在蜜絲堂姐周圍的霧氣，忽然不斷有黑色的劍光射出，在如此近的距離內，不管想要迴避或是擋架都不是一件簡單的事情，儘管蜜絲不斷揮舞戰斧，但防不勝防的黑之影劍仍然有數根越過了她的防禦線，擦破了她的衣服。

「——！」

蜜絲堂姐和我同時色變，我心中大叫不妙。

「這可是阿曼尼設計師專門為我量身打造的風衣啊！一套要價五萬塊美金，你們竟然敢損傷它——

——？！」蜜絲堂姐雙手持斧，身上的殺氣有如山洪爆發般潰堤而出。

「不好——！」我右手握著「血魂」，左手拔出「加百列」，一面衝向戰局，一面連續射擊。

砰砰砰砰砰砰砰！

我的靈彈射擊完全起不了牽制的作用，蜜絲堂姐光是用鬥氣就把子彈統統彈開了。

「不想死的話就趕快化為原形，跟我用全力擋下這一擊！」情勢危急，顧不了其他的我，直接對著奧斯卡吼道。

「休斯！快，配合我！」

幸好奧斯卡本身的反應也是靈敏之至，他知道蜜絲堂姐的這一擊威力非同小可，立刻解除「霧化」，身形由虛變實，休斯也同步出現在他身後。

「化為塵埃吧！」蜜絲堂姐的纖纖玉手化為死神的獠牙，戰斧有如末日的天災般降臨劈下。

我恰於此時高舉「血魂」擋下蜜絲堂姐的「赤色獵殺」，紅色的光芒四處飛散。

「不行啊！擋不住！」我很不爭氣的大叫起來，蜜絲堂姐的這一斧威力實在太巨大，我就算竭盡全力，也只能削減四成左右的破壞力。

戰斧的鋒刃前端，甚至出現了疑似空間都被破壞掉的扭曲感。

「本公子來也！」

奧斯卡背後搭著休斯，兩人身上散發著鬼神一般的鬥氣，硬是介入了我和蜜絲堂姐的劍斧交鋒之處。奧斯卡把休斯的操影之術，配合他的血族精神力，在右手變出一個「影之盾」，橫裡插入蜜絲堂姐的斧刃。

——砰！

合奧斯卡和休斯兩人之力的「影之盾」，仍然無法抵禦蜜絲堂姐剩下的六成力道，影盾應聲粉碎。但還是成功的削減了這一斧的五成威力，只剩下一成餘威的戰斧朝我們三人同時劈下。

「——轟！」

我們三人在斧頭臨身之前急忙鳥獸散，倉促逃命之間也顧不了什麼美觀，看上去就像是電影裡面砲彈轟下時，被炸得人仰馬翻的可憐演員。

事實上，蜜絲堂姐的斧頭比砲彈還要命多了。

「好強！太強了！」

休斯粗重的喘著氣，一向冷靜自持的他難得露出狼狽驚訝的表情，可惜的是我現在沒有心情他顧，不然我一定會拍一張照片留念。

「真的好強！這就是范郝辛一族的真正實力嗎？」

奧斯卡的傷勢也很嚴重，他一條右臂自肩膀以下都幾乎化為血塊，即使以高等血族的復原能力，也要花上大半天才能恢復。

「沒錯，蜜絲堂姐真的很強。」我吐出一口鮮血，雖然全身都感到劇烈疼痛，一條小命幾乎去了七成，但嘴角仍忍不住的上揚。

「但是我們挨過三招了。」

「——！」蜜絲堂姐的臉色為之一變。

「願賭服輸，」我趁機補上最後一擊，「蜜絲堂姐可不是說話不算話的人吧？」

翡翠色的瞳孔氣勢洶洶的凝視著我，我幾乎就要腳軟跪倒在地上了，卻還是逞強撐住。

「很好，雖然有點取巧，但約定就是約定。」過了幾秒鐘——彷彿是一輩子那麼久的時間，蜜絲堂姐微微一笑，把戰斧收回身後。「小尼祿真的長大了，看來我可以稍微少操一點心了呢。」

「該揭曉答案了吧，妳的委託人到底是誰？」我問道。

「呵……是你們也認識的人，城市管理者，文森。」蜜絲堂姐輕描淡寫的道。

07章 城市管理者

紐約市的地下世界，由三大勢力把持著。

「血族」的奧斯卡，「狼族」的拜倫，和代表「人族」的文森，又稱「城市管理者」。

沒有人知道文森的來歷，也沒有人質疑文森的權力來源，敢這麼做的人都很快消失在紐約市的一角了，通常他們最後的歸屬是廢棄物掩埋場……

在三大勢力的首領中，以文森最為低調和神祕，見過他面的人也最少。即使是同樣身為三足鼎立的一腳——奧斯卡和拜倫，和他會面的次數加起來也不超過兩隻手的指頭數，更別提我這個初到寶地，沒背景沒實力、一窮二白的毛頭小伙子了。

不管怎麼看，我都應該和文森這類的「高層菁英」沒有什麼互動的機會才對。當時的我確實是這樣想的，當然，事後證明我少年時代的想法和事實有很大的差異時，已經是很久以後的事了。

不過，不管如何，當第一次從蜜絲堂姐的口中聽到這個傳奇人物的名字時，我的心情還是有點像小孩子第一次進到全球知名的遊樂園般，帶著興奮和期待。

「文森？」我有點不敢置信的道：「妳指的是那個『城市管理者』文森嗎？蜜絲堂姐。」

「除了他還會有誰？」蜜絲沒好氣的道：「就是他找上倫敦本家直接委託，家族才會派我出差到紐約市的啊！」

換成外人或許還沒什麼，但是我一聽此言便知非同小可。一般來說，一個城市只能有一個范郝辛守護，這是范郝辛一族不成文的鐵律。所以蜜絲堂姐會出現在屬於我地盤的紐約市，已經是足夠成為挑釁的行為。而現在從蜜絲堂姐口中說出她是受到來自家族的直接委託，那事情就真的大條了！

想得嚴重一點，是本家有可能直接收回我在紐約市的管轄權！

蜜絲大概看出我的臉色不善，輕輕一笑，「怎麼啦？小尼祿，怕我來搶你的地盤嗎？」

「直接說明來意吧，蜜絲堂姐。」我哼了一聲道：「本家和妳到底是什麼意思？想要挑起惡魔獵人之間的內戰嗎！」

蜜絲淡淡一笑道：「放輕鬆點，小尼祿，我沒有和你搶地盤的打算。我會來到這裡，只是因為家族的那些老不死特別交代，說這個叫文森的委託是第一優先順位，連拒絕的權利都不給我，要不然我才懶得來這裡呢！」

我愈聽愈驚訝了，「竟然能夠讓家族裡那些老頑固都不得不賣他面子！這個文森到底是何方神聖！」

蜜絲聳肩道：「你問我，我問誰啊！家族裡那些陳年祕密，就跟天上的星星一樣多且高不可攀，又有誰能真正搞得清楚？」

我沉吟道：「說得也是……」

雖然蜜絲堂姐的態度令我放了一點心，不過不管怎樣，眼前的情勢也不可能讓我一笑置之。

「蜜絲堂姐，」我對著蜜絲正色問道：「文森給家族的委託內容是什麼？」

蜜絲連想都沒想就搖頭道：「小尼祿，你知道家族規矩的，我不能透露委託人的內容。」

我並不意外蜜絲堂姐給我這樣的回答，換成是我也一樣會這麼說，這是每一個身為「惡魔獵人」的范郝辛應備的基本原則。只是，這麼一來，我就有必要和這個「城市管理者」——文森，見上一面了。

蜜絲堂姐也在同一時間瞭解到我心中的想法，她挑了挑眉道：「想都別想，小尼祿，我不會帶你去見委託人的，這是為了你好。」

聽蜜絲堂姐這麼一說，我更肯定了文森對本家的委託，內容是與我有關。可是這完全沒有道理可言！自從我來到紐約市之後，與我唯一沒有互動的三大勢力就是文森這一脈，為什麼直到現在才來找我？還不惜動用家族的「赤色獵殺」這個人間凶器？

難道文森的真意，是想要一舉剷除紐約市的另外兩大勢力，唯我獨尊?!

「我帶你去找文森。」

奧斯卡的發話讓蜜絲臉色一沉。

不愧是接近「始祖」血脈的高階吸血鬼，奧斯卡的傷勢已經復原到雖然不能作戰，但是說話行動已經沒有問題的地步了。

蜜絲的語氣有如冬之女王般的嚴寒：「德古拉的子孫……你的行動是在玩火……視情況而定，我或許有把紐約市所有『血族』眷屬趕盡殺絕的可能喔！」

蜜絲堂姐的話說得雖然決絕，卻絕對不是大話恫嚇，她的確具有那樣的實力，「赤色獵殺」的外號可不是空穴來風！坦白說，除了變態老爸之外，我還沒看過比蜜絲堂姐更強的人，就連嗜武成痴的凱薩都不是蜜絲的對手。

蜜絲絕對有單槍匹馬掃蕩整個紐約市「非人族」的實力，「赤色獵殺」就是這麼恐怖的存在。

身為紐約市的「血族」首領，本來奧斯卡對於蜜絲堂姐的妄言應該反駁上幾句，無奈實力不如人，血淋淋的現實擺在眼前，剛剛的三斧之威，我們三人等於是在鬼門關前逛上一圈又回來，奧斯卡只得選擇暫時沉默以對。

蜜絲想了一想，又偏著頭道：「算了……就算讓你們見到文森，估計他看在同……的分上，應該不會太為難小尼祿你才對。」

蜜絲堂姐一句話講得隱晦不明、欲言又止，我實在是有聽沒有懂，但又知道再問下去，蜜絲也不會多講什麼。既然蜜絲顯然有放行之意，那最好趁她還沒改變主意前趕快有多遠就走多遠！

我是想到便做，劍及履及的那種個性。

「那麼蜜絲堂姐，很高興再見到妳，我們先走囉，下次有機會找妳喝茶啊，哈哈。」

「等一等！」

蜜絲一句話就像釘子一樣把我們的腳步全部釘住。

「哼哼。」蜜絲雙手環抱，冰冷的目光在我們三人身上來回的掃來掃去。「我不能讓你們三個人一起去見文森，這有違我的商業道德，留一個人下來吧。」

「什麼？」我和奧斯卡聽了，一時都不知如何反應。

「不要讓我重複第二次。」蜜絲仰起臉冷笑道：「我的條件已經很寬厚了，留一個人下來當人質，我就讓你們剩下的人自由行動。還是要我用力量把你們三個全都留下來？自己選一條路吧！」

休斯是我們三個中反應最快的一個。

「我留下來。」休斯毅然道。

「休斯?!」奧斯卡訝然。

休斯轉向奧斯卡道：「請不用擔心，奧斯卡主人，這是我應該做的。何況我傷勢未癒，即使跟著你們也只是累贅而已，讓我留下是唯一也是最好的選擇。」

身為一族之主，奧斯卡絕不是感情用事的無腦之輩，稍一思考，已經能果斷明快的做下決定：「好吧，看來也只有這樣了。」

但是奧斯卡和休斯之間的主僕情深，就在下一秒昭然若揭。

「蜜絲小姐，我奧斯卡．弗拉德子爵在此以血族之長發誓，如果休斯交在妳手上有個三長兩短，我就算傾全族之力，也和妳勢不兩立！」

蜜絲的笑答很有她的個人風格：「……儘管放馬過來。」

＊　＊　＊

我和奧斯卡離開這座華麗的大宅，可想而知我們兩個人的心情都不會太好，奧斯卡的臉色更是糟到了極點，真是可惜了他那張漂亮臉蛋。我試著想要安慰奧斯卡幾句，雖然安慰人一向不是我的強項。

「奧斯卡，看開一點吧，俗語說小別勝新婚……」

我話還沒說完，奧斯卡立刻一個殺人的眼神丟過來。

「尼祿，給我閉上你的鳥嘴！」

我聳肩道：「我只是想試著轉換氣氛。」

奧斯卡沒好氣的道：「你一點也不適合在宴會上主持講笑話，還是乖乖做你獵人的工作就好了。」

我盯著奧斯卡的臉，老半天沒說話。

「幹嘛，終於迷上我了嗎？」奧斯卡連說笑都顯得很薄弱了。

「不……我只是沒看過你那麼認真的樣子。」我搖頭道：「看來你和休斯之間的主僕情誼深厚得緊啊，也許吸血鬼一族之間並不像我想像的那樣冷血。」

奧斯卡露出諷刺的表情微微一笑，道：「那是因為只有休斯對我而言是特別的，你也知道因為我的特立獨行，我在血族之中也算是樹敵眾多。只有休斯從我未接掌一族之長前就一直跟在我身邊，一路走來不知為我擋了多少明槍暗彈，如果世上還有一個人是我可以毫無保留相信的，那一定就是休斯了！休斯就等於是我的半個分身一樣……」

我感慨的道：「如果所有的人族和非人族，都可以像你我一樣這樣子並肩聊天的話，或許世界大同的那一天就不遠了吧。」

奧斯卡冷哼一聲，目光深處閃爍著漆黑的火焰，「那只是因為我和你都是不容於同族的『異端』，吸血鬼和惡魔獵人勢不兩立，這已經不只是這個世界的常識，而是『定律』。或許終有一天，你我也將拚個你死我活！」

我嘆道：「我衷心期望那一天永遠不會到來……」

奧斯卡淡淡道：「這就不是你我二人可以決定的了……」

我本來還想問奧斯卡有關「壞帝」的事情，還有我在「全知者」那裡聽到，比都市傳說還要虛幻不可考的相關情報，不過我看奧斯卡的臉色不善（我有時候也是會看人臉色行事的），也就不敢多問。後來回想，要是我那時候把話說開了，事情應該會迎向一個截然不同的結局。

但是千金難買早知道。

就在我們說話間，奧斯卡駕駛的飛梭車已經把我們載到目的地了，有錢人就是有這種好處，連移動工具都迅速又舒適。

「到啦。」奧斯卡道：「接下來怎麼辦？」

我皺眉道：「還能怎麼辦？不就是直接殺進文森的辦公室，要他把所有情報據實以告，然後掉頭走人嗎？」

奧斯卡搖頭，不以為然：「構成你尼祿的人格因子中，起碼有百分之七十五以上是暴力成分。」

我道：「我還不至於要讓吸血鬼來幫我上公民與道德的地步。」

奧斯卡嘆氣道：「就算你不用考慮自己，也要想想我是什麼身分。血族之長就這麼殺上城市管理者的地盤，你很希望看到世界大戰爆發嗎？」

「這又不行，那又不行，那你有何對策？」

我聳肩擺明態度，出鬼主意就該讓奧斯卡這種專家出馬，畢竟他比我多活了一百多年的歲月，而且有大半時間是在爭權奪利的陰森環境下成長，總不可能是白過的。

果然，奧斯卡眼珠一轉，微笑道：「我有個主意。」

＊　＊　＊

「哈囉，介意我打攪一下嗎？」

我躲在暗處，看著被毫無先兆的招呼嚇了個措手不及的兩名警衛，一臉驚恐的盯著眼前那個金髮俊美的貴公子。

「……從哪冒出來的？」

兩名看守文森大樓的警衛絕非無能之輩，但是他們卻對這個突然出現的金髮貴公子事前一無所悉——這下我也不得不給奧斯卡一個讚，他的計策竟然就是如此大方的出現在大樓門口。

「你是誰？來這裡做什麼？」右邊的警衛沉聲問道。

「喔？竟然不認得我，看來你們是新來的吧？這可不行呢，交接制度應該要好好落實才是呢。」奧斯卡用輕佻的語氣開口，一副不把眼前兩名警衛放在眼裡的樣子。

——我知道你想挑釁對方，但那隻舉起的右手還撥弄了一下頭髮是想做什麼！

「這裡是私人會所，非經邀請不得入內，請儘快離開，否則後果自負。」

雖然兩名警衛語氣上強裝鎮定，但我真不知他們是否起了雞皮疙瘩，因為看他們舉起手上的武器——最先進的「物質消滅槍」時，似乎微微抖了那麼一下下……

「打打殺殺實在不是我的喜好，太不優雅了，不過如果你們真要動手……」

奧斯卡臉色一沉，兩名警衛突然立刻舉槍準備射擊，不過……

「太慢了。」

奧斯卡沒有任何動作，但一對瞳孔放射出金色的光芒。

「……什麼？」

兩名警衛突然失去了所有意識般，瞬間癱倒在地上。這招讓我差點鼓起掌來。

「你們沒有看過電影嗎？和吸血鬼貴族對峙時，要避免和對方四目相交。」奧斯卡打趣的道：「不過，如果是俊男美女就算了，像你們這種長相平庸的路人甲和路人乙，我還真沒有使用『意念侵攻』的興趣呢！」

被稱作路人甲和路人乙的兩名警衛，就這麼像沒了電池的人偶一樣癱倒在門前。就某種意義而言，不用再接受夜之貴公子的毒舌攻擊，對他們來說或許才是幸運的——我意思意思的為這兩位路人警衛默哀一秒。

「搞定門衛了，接下來，就該換你上場了。尼祿……」

只見奧斯卡冷冷地睥睨著文森的辦公大樓，露出血族特有的獠牙微笑著……

08章 壞帝駕到

紐約市地下管理者：文森

「奧斯卡這個傢伙，只會挑最簡單的活來做……」我一邊嘀咕著，一邊避開監視器的掃描範圍，逐層逐間的搜索文森的辦公大樓。由於辦公大樓內布下了層層的結界，奧斯卡無法以念動力掃描文森所在的確實位置，所以只能讓我用最原始的粗活——地毯式搜索來找人。

「但是……」雖然明知是自言自語，我還是忍不住說出心中的疑問：「這裡面也太安靜了吧……人都到哪去了啊？」

身為一個「惡魔獵人」，雖然我受過專業的潛入訓練，但對文森的辦公大樓卻絲毫派不上用場。因為大樓內根本看不到半個人，而所有的電器設備卻又運作自如，我有一種行走在幽靈大樓的感覺。

「這個叫文森的……葫蘆裡到底在賣什麼藥？」

喃喃自語的抱怨，卻得到了意料之外的回應。

「歡迎光臨，尼祿・范・郝辛，范郝辛一族的年輕獵人啊……」

——?!

我迅速拔槍隨著聲音的發源地轉身過去，動作不可謂不快，但是在看到發話者的身分時，扳機卻怎麼也扣不下去。

「……怎麼是個老太太？」

出現在我眼前的，是怎麼看都已超過六十歲的一個白髮婦人。然而那低沉溫和，不帶一絲抑揚頓挫的男性嗓音，卻清清楚楚的從老婦人喉間流出：「……對女人和老人就下不了手嗎？范郝辛一族怎麼會派你這麼天真的角色來我的城市？太讓我失望了。」

我挑眉道：「原來如此……意念移轉（Mind Change）嗎？本體躲在安全的地方，讓意念操弄無辜的替身跟我講話……的確是本位主義至上的當權者會耍的把戲。」

有著應該是文森嗓音的老婦人淡淡道：「能夠這麼快就反應過來，不愧是范郝辛一族的年輕新星……」

「我都搞不清楚你是在誇獎還是在諷刺我了……」我舉槍對準老太太＝文森道：「不管怎麼樣，你給我的第一印象真是糟透了！這個負面分數恐怕在往後的十年都補不回來，有鑑於我還要在這座城市住上好一陣子，所以或許我該在今天幫紐約市換一個新的管理者？」

老太太＝文森靜靜的道：「年輕人……就是這麼衝動和充滿理想性，范郝辛一族真是幫我找了個麻煩過來……」

「別說得好像你和我們一族很熟一樣！」我不悅道。

「熟到超乎你的想像……」老太太＝文森依然用他那平板木訥的語氣道：「既然你能找上門，就代表我委託本家的事情失敗了……竟然連本家派出來的高手也沒能完成任務，范郝辛一族真是一代不如一代了……」

若非文森用的是替身發言，我一定立刻在他額頭上開一個風口，沒有人可以在范郝辛面前汙辱范郝辛一族！我沉聲道：「蜜絲堂姐是不想同族之間互相殘殺……而你到底是誰？為什麼可以擁有調動本家戰士的權力？你向本家下達的委託內容是什麼？」

老太太＝文森淡淡道：「你的問題層出不窮，我要回答哪一個才好？」

難道文森是個出乎意料好商量的人？我一邊壓抑心中的疑問，一邊道：「你到底是什麼人？」

「我是文森，紐約市的城市管理者。」

答了等於白答的廢話。

「第二個問題，你的目的是什麼？」

「是你。」老太太＝文森答道：「我希望你離開紐約市。」

「我？」事前我不是沒有預想過文森可能的回答，但怎麼也沒想到答案竟是和我有關，我還以為文森找上本家的「赤色獵殺」蜜絲，用意是要剷除紐約市的整個非人族，畢竟這才是范郝辛一族的拿手好戲。「為什麼是我？我只不過是個小小的惡魔獵人，對你的生意和大業應該沒有任何威脅才對。」

「時候未到，你現在出現在這裡還太早了。」

老太太＝文森用他那靈魂裡鋼鐵般的意志和視線凝視著我，我終於理解到「城市管理者」是怎樣的一個恐怖角色！

「封印的狀況已經出現不穩定的預兆……你的出現可能會激化那些舊……的封印活化，那是現在的我不願意去冒的風險。如果殺了你或是把你封印起來，也有可能激化封印，所以最好的方式就是讓你遠離紐約市。」

老太太＝文森的話意隱晦不明，大部分我是有聽沒有懂，不過我很肯定其中幾個字眼是會讓我的火氣上升。和文森才見面不到十分鐘，我已經但願自己一輩子都不要再見到這個人了。

可是後來的事實演變，卻和我當初的理想有很大的差距，這是後話了。

不過我還是有一些困惑：「既然你的目的是我，為什麼還要找上奧斯卡？」

老太太＝文森嘆了一口氣，「你的問題也太多了。奧斯卡是你那間連招牌都買不起的事務所唯一的客人，我本來希望斷掉你唯一的經濟來源，你就不得不放棄離開這裡了。」

說我沒被文森的話嚇出一身冷汗是騙人的，這傢伙真的對我的一切都瞭如指掌！

「你監視我？」

「瞭解這座城市發生的一切大小事情，是我的工作，尤其是像你這麼一個不穩定的危險因子。」

我大聲抗議：「你一再強調我有多麼危險，可是我打從來到這座城市起，從來沒有做過什麼傷害、違法的事情！」

老太太＝文森的聲音出奇的竟帶有一絲憐憫：「有些時候重點並不在於你做了什麼……你的存在就是一種危險，而且危險的規模遠超過你自身所能想像的範圍……或許你未曾來過這個世上，對你而言反倒是一種幸福也說不定……」

我很確定自己和文森是話不投機半句多，我寧願上教堂聽神父傳道，也不想再和眼前的人多對話半秒！

「最後一個問題……」我冷冷道：「你要躲在我後面多久？文森先生！」

我把原先對準老婦人的槍口轉朝向自己的後方，看也沒多看便扣下了扳機，灌注靈力的子彈在我背後傳來「轟！」的一聲響，從殘破的牆壁中，傳來文森低沉而冷靜的聲音。

「了不起……竟然能發現我的真身……」

老婦人像是斷掉線的人偶一般癱倒，我轉過身，面對真正的城市管理者——文森。

「既然知道我是范郝辛一族，那麼你就不該低估『惡魔獵人』的本事……」

文森的真面目比我想像中的更沒特色。他外表像是個保守派的英國工黨人士，簡單合身的三件式西裝，一條深藍色領帶，鐵灰色的銀髮和眼珠，就連散發的氛圍都與一般常人無異。

但是我是范郝辛，我看人從不看表面的假象。

「……果然，你是那種為達目的、不擇手段的人，而且只要自己以為是對的事情，不管犧牲多少難以挽回的事物也不在乎，甚至連自己的存在也是一樣……這種人格天生就是和我犯沖。」我目不轉睛的看著文森的臉，說出了以上的感想。

「……該怎麼說呢？真不愧是亞歷山大的兒子，雖然乍看之下是個直爽的衝動派，但在奇怪的地方卻意外的擁有敏銳的洞察力啊。」文森平淡的回應道。

「別在我面前提起這個名字！」我冷冷道：「你如果夠瞭解范郝辛一族，就該知道這個名字在我面前可是禁忌！」

文森用看似無聊的語氣道：「你們一家的事，我無權也不想干涉……既然你人都來了這裡，那就直接問你吧。尼祿．范．郝辛，你願意接受我的提議，離開這個城市嗎？當然，不會讓你吃虧的，我會準備一筆優厚的酬金送你離開，足夠你下半輩子衣食無缺。」

「真是慷慨啊。」我笑道：「不過很可惜，我是那種敬酒不吃吃罰酒的犯賤性格。愈有人趕我走，我就愈不想走。而且我在來你這裡之前已經接下別的委託了，半途而廢可不是范郝辛一族的個性。」

「壞帝和奧斯卡之間的事情，是他們血族的私事，你何苦硬是要插上一手？」文森道。

「你還真的是什麼事都知道啊！」我撇撇嘴道：「很可惜，這件委託我是接定了，有問題去跟我的律師商量吧。」

「固執的地方，跟你老爸果然是一模一樣呢……」文森嘆道：「那就沒有辦法了。」

我本來以為文森說完這句話就要翻臉動手，沒想到城市管理者似乎打定著不親自動手的主意，反而是給了我另外一個意外。

「那麼……依照約定，范郝辛教授的子孫，就交給你處理了……老朋友啊。」

文森話裡透露出某種不吉祥的意味，我忽然心生警覺，那就像是赤身裸體走在叢林深處，被毒蛇窺視一樣的危機感覺。

「……誰?!」我的第六感警鐘大鳴，來人肯定是個不下於文森的危險人物。

「……這就是范郝辛一族這一代的『惡魔獵人』嗎?真是見面不如聞名啊。」

彷彿教授在臺上講課一樣，充滿深度而知性的聲音。

我聞聲望去。來人年齡似乎比文森大上一些，穿著打扮是深具東方風格的黃色漢服，上面還繡有滾邊的金色龍形圖騰，我在書上曾經看過，那是只有皇帝才能使用的圖騰。

高瘦的身體裡面不斷散發著足以和百獸之王匹敵——不，是足以凌駕之上，有如狂風暴雨般、桀驁不遜的壓倒性魄力，但與之相反的，他的聲音卻充滿知性的冷靜。他臉上掛著一張東方國劇的臉譜，遮住一切表情和五官，只露出一雙綠寶石般的瞳孔。

在見到這個怪人的第一瞬間，我就瞭解了。

這傢伙是吸血鬼！而且不是普通的吸血鬼那麼簡單，從他身上散發的氣勢在在告訴我，他是比奧斯卡的血系還要純正、年代還要久遠，貨真價實的「始祖」級的大吸血鬼！

為什麼始祖級的吸血鬼會忽然出現在紐約市？而且還是在「城市管理者」的根據地？

我只想到一個符合的名字，還有解決這一切疑問的身分。「……壞帝?!」

「……還以為能打倒跟我齊名始祖的西方獵人，他的子孫會有什麼可觀之處，沒想到也不過如此而已。朕已經失去興趣了，愚蠢的人類啊，就用你的性命賠償不能娛樂朕的重罪吧！」

無機質聲音的宣告，但是接下來的舉動卻有如烈火暴風般激烈。

——危險！！

這麼感應到的瞬間，強大到沒有天理的衝擊波，毫無先兆的迎面襲來。

「嗚喔喔喔喔喔喔！」我發出了很沒氣魄（？）的叫聲，在一瞬間就被打飛。

轟！

我的身體衝破了層層牆壁的阻擋，飛到了街道的馬路上。

＊　＊　＊

文森望著彷彿被戰艦主砲射擊過的殘破現場，輕輕嘆了一口氣。

「雖然我想叫你手下留情……不過你大概也不會聽我的吧。」

和文森並肩而立，氣勢上一點也不輸給前者，絕世無雙的東方妖人，世界上碩果僅存的吸血鬼大始祖──壞帝，用著低沉卻充滿威嚴和存在感的語氣道：「只有在最大最深的壓力和溫度下，才能誕生出最高硬度的鑽石原石，這不就是你找我來的目的嗎……老朋友。」

文森沒有馬上回答，只是微微點了一下頭，彷彿贊同又彷彿不置可否。

壞帝藏在國劇臉譜後面的嘴唇繼續發聲道：「那麼，就來試探看看你所謂的『命定三星』，是否真有能對抗遠古邪神的資格吧……」

09章 魔王的力量

外神使者：黃衣之王·哈斯塔

「……媽的，招呼也不打一聲就動手！還擁有那麼恐怖的力量，那傢伙是妖怪嗎？」

被衝擊波打飛到外面馬路上的我，幸好在一開始感覺到危險前就即時用靈力做出防禦，因此並沒有受到嚴重的傷害，但全身卻免不了多了不少擦傷。

「——尼祿！裡面發生什麼事了？我感覺到異樣的靈力波動。」

奧斯卡出現在我身邊，原先的計畫是讓他留在建築物外面把風，不過現在看來是沒那個必要了。

我咬牙切齒的道：「我們被文森擺了一道，壞帝就在裡面，他早就在等我們過來了！」

「什麼?!」奧斯卡臉上浮現掩飾不住的驚愕。

「為什麼壞帝來到紐約市後，以你血族的情報網，竟然掌握不到他的行蹤，因為是文森把他隱匿起來的啊！」如果有必要的話，我的腦袋也可以變得很知性，當壞帝出現在我眼前時，所有的線索就像在黑暗中點燃一盞明燈一樣，全都連接起來了。我唯一還沒想通的是：文森為什麼要這麼做？

光是一個蜜絲已足以與全紐約市的非人族抗衡，文森卻還是把壞帝找來，他是想要天下大亂嗎？

奧斯卡也是心思慎密之輩，一聽我的話，便知道局勢非同小可，立刻果斷道：「我們先撤退！重整旗鼓後再來吧。」

「明智的決定……可惜朕不會讓你們如願的……」

無機質的聲音在我和奧斯卡的頭上響起，壞帝不知道何時已經來到了我們面前。他那一身龍袍包裹下的身體，在沒有任何外力藉助的情形下，憑空浮在距離地面約十公尺的高度，帶著睥睨眾生的氣勢，由上而下的俯視著我們。

「他就是……壞帝?!」奧斯卡面對自己血族的大前輩，很難得的表現出詞窮的一面。

「德古拉的子孫嗎？你也是在這次試煉的名單裡，既然遇到了那就一起解決吧……」

「我不懂前輩在說什麼。既然前輩難得遠度重洋而來，是否願意讓晚輩有一盡地主之誼的榮幸，讓晚輩招待前輩一餐呢？」

奧斯卡難得用如此恭敬的語氣和人對話，畢竟對方乃是年紀和地位都遠在他之上的大吸血鬼，只可惜東方來的始祖，卻選擇對他的這番恭敬全然無視。

「……收起你無謂的奉承吧，西方的小鬼，朕的聖意不是你們這些小輩可以揣測的。在戰場上只能用實力來決定高下，不想被朕四分五裂的話，就拿出你們吃奶的力氣吧！」

「喔……被無視了，看來和平的對話是妄想啦。」

「……尼祿，我怎麼覺得你剛剛的話很有幸災樂禍的味道？」

「那一定是你的錯覺啦，我可是和平主義者呢。」

看來壞帝也和所有反派角色一樣，忍受不了對手在他面前卻無視於他進行對話。

「你們兩個小輩在下面嘰嘰喳喳些什麼？無視朕的重罪可是唯一死刑喔……」壞帝那有如綠寶石般閃爍的瞳孔忽然大放異彩，那之前把我擊飛的衝擊波立刻又出現了。

「小心啊！尼祿，那是只有始祖級的血族才能使用的異能——念波衝擊！」

「剛剛已經吃過一次虧了！你該早點說啊！」我將體內的靈力提升到極限，拔出背上的大劍「血魂」，橫劍在自己面前——衝擊波來襲！

——斬！

我雖然不是聖鬥士，但是看過第二次的招式也一樣無法對范郝辛一族起太大的作用，「血魂」劃出一道圓弧，像分海般把壞帝的意念衝擊波斬成兩半。

「幹得好啊！尼祿，接下來換本公子……」奧斯卡足尖一點，飛騰半空，化身為一襲黑衣的夜之死神。

「東方的老祖宗，是你咄咄逼人在先，休怪晚輩無禮了！」

奧斯卡朝壞帝凌空飛去，雖然沒有攜帶任何武器，但他灌注勁道的五指足以穿鐵洞石。

壞帝一雙祖母綠的深邃雙眼只是平靜的注視著奧斯卡飛來的軌跡，沒有半點想要反擊的意圖。奧斯卡卻忽然感受到一股從頭頂到背脊都一起發麻的寒意，無從閃避，衝擊力道就這麼忽然貫透全身。

「嗚啊啊啊啊——！」奧斯卡以比撲上前更快兩倍的速度，被看不見的力量反向打飛。

「奧斯卡！」現在不是和奧斯卡計較難兄難弟的時間了，壞帝的念動力實在太強，遠距離攻擊我毫無勝算，要獲勝的唯一機會便是逼這個絕代凶人近身搏鬥。

「來吧，讓朕看看兩百年後范郝辛這一代『惡魔獵人』的實力……」壞帝莊嚴的聲音從空中傳下。

「要看就來吧！保證讓你看到尿失禁！」我高高舉起「血魂」，劍刃彷彿吸收了月光的精華一般，發出淡淡的青白色光芒。

「……無禮之輩。」聽到我的回話，壞帝彷彿在面具後面皺起了眉頭。

「戰場上不分什麼前輩後輩，這可是你自己剛剛說過的話！」我邁步疾奔，手中大劍揮舞奔騰，如江河大海湧向壞帝。

「……花拳繡腿！」隨著壞帝不屑語氣灑下的，是有如巨浪怒流般的無形念動力。

「尼祿，讓本公子為你開路！」奧斯卡怒氣騰騰的飛奔回來，還發出沉聲的低吼。

我猜東方的老祖宗徹底把我們西方的貴公子給激怒了。

「老不死！別以為只有你會用念動力這種東西啊！本公子也是繼承西之始祖的高貴血裔！」

從奧斯卡的體內放射出強大的意念能量，和壞帝的衝擊波撞個正著。

——碰！

急就章的臨陣磨槍畢竟和長年累積的力量有著先天上的絕對差距，奧斯卡身體一晃，俊美的五官全都溢出血絲。不過，他畢竟是擋下了壞帝的一擊。

「了不起啊！奧斯卡，我要對你刮目相看了！」雖然只是一瞬間，但我沒有放過奧斯卡爭取到的機會。我雙手高舉大劍「血魂」，橫空斬向壞帝，「吃我一劍——！」

這是不容人閃避的一擊！壞帝眼中激射出綠寶石的光芒，終於出手抵擋。拳與劍，正面衝突。

——鐺！

壞帝以血肉構成的拳頭，和「血魂」削鐵如泥的劍鋒硬拚時，竟然發出金鐵交鳴的激響。衝擊波以我們兩人為中心，向四周迸發。

「哇——！」我和「血魂」畢竟不敵壞帝的千年凶威，吐出一口鮮血，流星般往後飛去，撞到不知哪裡的建築物牆上。我艱難的吐出一口濁氣，仰頭就看到壞帝愣愣的飄在半空，不知為何他並沒有乘勝追擊的意圖，只盯著自己的右拳，若有所思。

「有意思……到底有多久了？應該有兩百年了吧……」雖然傷口不大，但卻是朕隔了這麼漫長的光陰後，才又一次嘗試到受傷的感覺……」只見壞帝輕輕摸了一下手臂上細如髮絲的傷口，似笑非笑的道：

「……這就是『命定三星』嗎?的確有點意思，朕開始明白文森為什麼一定要把朕找來了。」

「文森也是……你也是……可以講話講清楚一點嗎……聽得人很不舒服呢……」

「……喔?」壞帝忍不住微微一笑。「恢復力不錯……這就是年輕的好處嗎?」

我在一堆斷垣殘壁中勉力站了起來，苦笑道:「承蒙壞帝稱讚，晚輩真是受寵若驚啊……」

奧斯卡飄降到我身邊，一貫輕佻的表情已經不在，換上的是絕對認真的戰士表情。「尼祿，你什麼時候變得那麼有禮貌了?」

我回道:「不夠對方打的時候。」

「兩個小伙子，你們已經竭盡所能了嗎?朕還沒玩夠呢，繼續拿出可以取悅朕的實力吧，不然明年的今天就是你們兩個的忌日!」傲視一切的語氣，然而壞帝的確有那相配的實力。

「我最討厭別人站在我頭上講話了!」我把「血魂」反手插回劍鞘，改用兩手各拿著「米伽勒」和「加百列」。

「我也是，不過——」奧斯卡瞇著雙眼凝視空中的壞帝，表情十分凝重。「對手太強了，有沒有別的計畫?」

「有啊，改用計畫B作戰。」我隨口應道。

奧斯卡愣了一下。「計畫B，那是什麼？」

「就是沒計畫，先打再說囉！」我衝出去對準空中的壞帝就是一連串猛射，把為之氣結的奧斯卡留在原地。

「尼祿！你這個瘋子！」

「看槍啊啊啊啊！」我一邊轉著圈子，一邊對著壞帝展開一場狂風暴雨般的連射。

「沒用的……浪費子彈的攻擊……」壞帝毫不在乎，他的「意念力場」在身旁一尺外就架起阻隔一切攻擊的銅牆鐵壁。

「對不起，我這個人就是有個壞習慣！不到黃河心不死！」我一口氣又連射三槍，全部瞄準在同一點上，精細到以毫釐為誤差的三顆子彈，幾乎不分先後的撞在壞帝的結界上，但是這一次……

——砰！

結界發出一聲清脆的裂響，破裂了。

壞帝頓了一下，「……什麼？」

我乾笑道：「既然你是東方的老祖宗，應該聽過『滴水穿石』吧？我剛剛乍看之下毫無目的的亂射，其實只是在試探你的結界上哪一處比較脆弱，跟著再以最強攻擊一點突破，就造成如今你看到的結局了，這就是後生可畏啊……老傢伙！」
要是可以透視面具底下的表情，一定可以見到壞帝現在吹鬍子瞪眼的氣壞面容。
「猢！區區的毛頭小伙子，竟然敢……！」
像風一陣飄來的笑聲，打斷了壞帝的怒吼：「這就叫後生可畏啊，老祖宗……您真的太久沒有出來走動了，這個世界已經不是您當初隱居的那個樣子了……」乘勝追擊絕不落人後的奧斯卡，用敏捷到不輸給我子彈的身手，一記手刀越過已無結界屏障的空間，直接劈向壞帝。
「放肆！」壞帝以實力證明，就算不靠念動力，他的身手也不會遜色於我們這些年輕人，雙手一抓，像是探囊取物般輕鬆截停了奧斯卡的手刀。
可惜，他的對手不止一個人。我向地面一踢，利用反作用力彈上高空，來到和壞帝一樣的高度，「血魂」一劍往對方斬去！三人的身影一合即分。我和奧斯卡腳踏實地的同時，都一個踉蹌，肩頭噴出血花——在剛剛電光石火的一瞬間，我和奧斯卡雙雙傷在壞帝的爪下，這是多麼令人驚恐的實力啊！
壞帝呢？合我們兩人全力聯手，難道仍傷不了這老怪物分毫？
仔細再看，似乎也不盡然，壞帝的國劇臉譜崩裂了一角。
原本應該是微不足道的損傷，甚至連皮肉傷都稱不上，但是壞帝的情緒卻出現大幅度的波動。雖然看不到壞帝的表情，但我就是知道他很不對勁，只有這一點可以肯定。

——咕嗚喔喔喔喔喔喔喔喔喔喔喔喔！

突然，壞帝的胸腔處發出一陣會讓人聯想到野獸的嘶吼、幾乎讓聽者為之耳鳴的巨吼！我和奧斯卡都被震懾的說不出話來。

「吼喔喔喔喔喔——！你們……你們兩個竟然敢……！」

我敢用我的身家打賭，壞帝現在一定很火。

「……尼祿，現在是什麼狀況？」

「……我不知道，不要問我。」

「你們兩個——不要以為這樣就算了，朕一定要你們兩個挫骨揚灰啊！」壞帝一邊咆哮，一邊發出驚人的淒厲鬼氣，然後……

——咻！

消失了。轉移逃走了。

「……誰來告訴我，現在是什麼狀況？」

「……我跟你一樣什麼都不知道，不要問我。」

10章 五鬼夜行宴

外神使者：炎之支配者・克圖格亞

當不知道發生什麼事情的時候，最好的方法就是去找始作俑者，也就是幕後的主使者。

可是這次的苦主——「城市管理者」文森，本身就不是簡單的角色，所以當我們回到文森的大樓時，後者早已飽食遠颺，甚至還帶走了整棟樓的人，連一隻螞蟻都沒剩下。奧斯卡用精神力掃描大樓的結果，也是一片空白。

沒有什麼比吃了一頓悶虧後還白忙一場更讓人難過了，尤其又是跟奧斯卡一起吃癟的時候。

——轟隆隆隆隆隆隆！

「又怎麼了?!」外面忽然傳來噴射機發動般的高頻爆炸聲，我一邊吃驚，一邊往窗外望去。

反觀奧斯卡倒是淡定自若，只是臉上露出嫌惡的表情。「……討厭的人來了。」

「……誰？」

「尼祿啊啊啊啊啊——你沒事吧啊啊啊啊啊——」

門外傳來的叫聲直接回答了我的問題，拜倫像一陣狂風似刷地衝了進來。

「……是拜倫……」我的肩膀忍不住垂了下來。

拜倫一進來看到我便喜不自勝，「尼祿！你沒事，太好了！你沒有怎麼樣吧？我聽說你們在文森的地盤上大打出手，就立刻趕過來支援了！」

坦白說，拜倫的心意實在很令人感動，不過在奧斯卡面前，我和拜倫之間的「關係」實在不適合曝光。於是我一邊朝拜倫點頭微笑，一邊輕描淡寫的道：「我沒事，多謝你的關心了，拜倫兄。」

拜倫畢竟也是一族之主，很快便反應過來，態度一轉，泰然自若的道：「沒事就好了，畢竟再怎麼說，這裡也是我的地盤，你遠來是客，如果在我的地盤上出了什麼事，我也不好對遠在倫敦的那些老傢伙交代。」

奧斯卡露出若有所思的表情，來回看著我和拜倫，然後把手指抵在優美輪廓的下巴處道：「我從以前就有點懷疑了，尼祿……你和拜倫之間，是不是從以前就認識了？你和他之間的互動怎麼看都不像是第一次見面……更別提是惡魔獵人和非人族之間的關係了。」

我心中一驚，奧斯卡在這種地方的敏感度的確是易於常人，但是我和拜倫之間的關係也不是可以在人前隨便公諸於世的，弄得不好甚至會成為范郝辛一族和狼族之間戰爭的引火線。

拜倫冷淡的道：「奧斯卡……世上有些事情不是你可以追根究柢的，如果還想繼續你那荒淫無道的發情人生的話，最好懂得適可而止，這樣才能活得命長……」

拜倫這番話的挑釁意味不可謂不重，但奧斯卡卻出乎意外的沒有發怒，甚至還暗示休斯跟著冷靜下來道：「本公子是一個心胸寬大的人，所以這一次就先不跟你計較無禮之罪了……只不過我希望你那貧瘠的腦袋可以記住一件事，不管過去還是將來，尼祿的命定伴侶都只會是我一個，就算你想橫刀奪愛也是徒勞無功的，把這件事情好好的印出來貼在你的牆壁上吧……」

當拜倫用驚訝到甚至是驚駭的眼神注視著我和奧斯卡的時候，我只沒好氣的簡單回了他們一句話。

「你們兩個……都去死吧！」

結果，被拜倫這麼闖進來一鬧，原本就徒勞無功的搜查行動只能無疾而終。臨走前雖然拜倫有提議乾脆炸掉文森的大樓作為報復，即使我內心深處非常贊同這個方案，但是在理智與感情的激烈掙扎之後，還是含淚的否決了這項方案。

另外還有一件小插曲，就是當我們一起走到大樓外面的時候……

「……哇靠，我都不知道你有這麼拉風的東西！」

能夠讓在范郝辛家族看多稀奇古怪東西的我也忍不住發出讚嘆聲，當然不會是普通的貨色。

拜倫騎來的寶物是一輛一體成形，外觀上非常充滿尖銳與現代流線感的黑色重型機車，而且馬力應該和它的外觀一樣凶猛，是披上機械外衣的暴走野獸。

「……好傢伙！剛剛那吵死人的噪音就是你騎著這傢伙過來的引擎聲吧？我都不知道你有這種好東

西，太會藏私了吧！」我讚嘆道。

拜倫略帶得意的表情，揚起下巴道：「這傢伙叫做芬里爾（Fenrir），是我個人最喜歡的收藏之一，出力可以達到十萬匹馬力，最高時速超過五馬赫，是除了我之外沒有人可以駕馭的超級野獸呢！」

奧斯卡帶點悻悻然的表情，在一旁道：「也是一輛耗油跟耗金子一樣快的怪物，所以我已經很久沒看你騎過它了……沒想到這次你會帶著芬里爾專程趕過來……」

拜倫只是乾笑沒有答話，但是很顯然他這麼做的原因都是為了我，我不得不說這讓我有一點小小感動。我和拜倫曾經一起在我的父親亞歷山大的指導下修煉過一段時光，那個時候我們兩個都很喜歡機車這種東西，拜倫還因為不到法定年紀就無照駕駛被警察攔下了好幾次……嗯，那真是一段不堪回首的童年回憶。

或許是為了轉換話題，拜倫一邊指著芬里爾道：「既然尼祿你那麼喜歡這輛機車，那如果哪一天我比你先戰死沙場，我就把這輛寶貝送給你吧。」

我想也不想的便拒絕道：「不要！我哪裡養得起這麼一輛吸金的怪物！再說你這把年紀就在交代後事，會不會太過未雨綢繆啊？」

奧斯卡立刻出言贊同道：「對啊對啊，騎機車又不能遮風又不能擋雨，一點也不舒服。尼祿你如果要交通工具的話，我可以把我心愛的愛車——伽樓羅（注：Garuda，相傳是印度主神毗濕奴神的坐騎）送你，海陸空三棲的超高速移動性能，不但電視沙發酒櫃一應俱全，甚至還有星空照明和變形成情趣套房的功能！怎麼樣，不如我先載你兜風試乘一趟吧？」

「……我這一輩子都不會上你那輛噁心的跑車。」

「咦咦！怎麼這樣?!」

奧斯卡一副楚楚可憐的樣子，不過我當然不可能被這種虛偽的假象給騙了。

真是的，整個紐約市難道就沒有一個正常的非人族嗎？不過奧斯卡或是拜倫或許會抗議：「我們本來就不是正常的人類了！」

我的願望也很渺小，我只是不想捲入狼人和吸血鬼之間，悖德的三角戀情——而且三個都是大男人！這樣的願望應該沒有算很過分吧……

——神啊，請您幫幫我吧……

此刻的我，還不知道會守護范郝辛一族的，只有邪神，而且還是非常喜歡作弄人類命運的邪神。

附帶一提，文森藏在大樓裡的監視器，把我們三人從頭到尾的對話都錄了下來，然後上傳到影片分享網站，造成當月點擊率暴衝到第一名，還在某些同人圈中引起了熱烈的討論……持續了一個多月。至於那一段我幾乎足不出戶的悲慘日子，就不在這裡哭訴了……

熬不過拜倫的追問，我稍微簡述了一下整件事情的經過，當拜倫聽到奧斯卡的委託是一切災難的濫觴之時，兩個人差點又要打起來，幸好這時候意外的救星趕到。

「喔喔，這裡真是熱鬧啊——」

我們三人同時聞聲望去，便見到了如冬日精靈女王一般堂堂登場的「赤色獵殺」——蜜絲堂姐大人。還有坐在豪華敞篷車的駕駛席上，顯然是被抓來當臨時司機的「黑影」休斯。

我愕然道：「蜜絲堂姐？妳怎麼過來了？」

「……蜜絲堂姐？難道是『赤色獵殺』蜜絲．范．郝辛?!」

拜倫的驚訝與警戒全寫在臉上，「赤色獵殺」的名號在黑暗世界如雷貫耳，身為紐約市狼族領袖的拜倫自然不可能不知道。

蜜絲堂姐沒有回答，但是翡翠色瞳孔透出的銳利視線在我們三人身上來回掃了一遍，不是蓋的，我們三人同時感受到一種大海落難漂流時，遭到超大鯊魚狙擊的戰慄感。

「你們都到齊了？很好。」蜜絲露出會讓人聯想到肉食性猛獸的笑容，「省得我還要一個一個去找。」

我們三人對望一眼，在一瞬間用眼神進行了沉默但是激烈的攻防，最後投票結果二比一，少數服從多數，我無奈的上前問道：「……好吧，蜜絲堂姐，我就不拐彎抹角的直接問了，妳找我們有何貴幹呢？」

對蜜絲堂姐只能用正攻法破解，這是我從無數次汗水、淚水和血水中學到的經驗。

果然，蜜絲堂姐露出一個對於不懷好意的人來說，是太過漂亮燦爛的笑容。

「委託有變了，」蜜絲輕輕笑道：「我受命加入你們這一方，要和以壞帝為首的『五鬼夜行宴』來一場轟轟烈烈的廝殺喔，請多多指教啦。」

說得彷彿要去野餐遠足一樣的輕描淡寫。

「……什麼？」

反觀奧斯卡和拜倫的反應，卻像是被五雷轟頂一樣，久久不能平復。

「總而言之就是這樣啦！我們暫時就是同一陣線的戰友了，請多多指教啊。」蜜絲堂姐用著那張太過豔麗的臉孔，帶著略微危險的笑容，這樣對著我們說道。

「……什麼叫做總而言之就是這樣了？妳也省略掉太多東西了吧！忽然冒出來一個莫名其妙的女

人，就說要加入我們的3P……聯盟，妳以為這是在玩線上遊戲嗎？只要用女生的帳號就一堆人搶著要邀妳入隊嗎！我們BL……不對，我們成人的世界可沒妳認為的那麼單純啊！美女。」

——拜倫，你剛剛很明顯的說錯兩個很嚴重的字彙吧，你到底要害我被誤會到什麼地步才會甘心啊？還有奧斯卡，你用那種幸災樂禍的陰笑是在笑什麼！

＊　　＊　　＊

離開文森的辦公大樓後，我們一行人又暫時回到了奧斯卡的大宅。本來拜倫說什麼都不願意同行，更別說踏進宿敵族長的領地，但是在「拋棄自尊」和「被排除在外」二選一時，他還是忍痛選擇了前者，只能說形勢比人強了。

可這並不代表心高氣傲的拜倫會輕易接受蜜絲堂姐的說法，這傢伙的腦袋就跟糞坑裡面的石頭一樣，又臭又硬。

但是拜倫還是太不瞭解蜜絲堂姐了，「赤色獵殺」從不用口頭服人，她都是用雷厲風行的霹靂手段，讓對方自動被「感化」到五體投地。

果然，蜜絲堂姐嘴角微微上揚，露出有點危險又有點魅惑的微笑道：「帥哥……可以跟我出來一下嗎？」

「……我?!」拜倫指著自己的鼻子道。

蜜絲堂姐笑道：「當然是你囉，猛男，你該不會連我這樣的美女邀約也沒膽接受吧？」

「笑話！」拜倫起身道：「天底下還沒有我『狼王』拜倫應付不來的女人，就算妳是尼祿的堂姐，我也不會胯下……呃，是手下留情，妳可要做好心理準備喔，美女！」

拜倫說完還自以為幽默的奸笑了兩下。

——拜倫，我會去你的墳前上香的，你一路好走吧。

我和奧斯卡只是默默在心裡為拜倫祝上冥福。

拜倫似乎還有點顧忌我的感覺，轉向我正色道：「尼祿，我只是出去和蜜絲堂姐『溝通』一下，你可以放心，不管我的身體遭受到怎麼樣的蹂躪，我的心裡永遠只有你一個……」

「啊啊，」我隨意的揮手道：「怎樣都好，你快去吧，早死早超生……啊，不，是快去快回。」

拜倫跟著蜜絲堂姐離開，臨走前還不忘對我眨眨眼道：「這就要看我的搭檔願不願意配合囉，放心，我不會讓她太流連忘返的……」

奧斯卡用目送死人離開的眼神直到拜倫和蜜絲堂姐離開，才轉向我道：「這樣好嗎？雖然我很樂意死對頭少掉一個，不過你和拜倫似乎有點特殊的『交情』？」

我刻意忽略奧斯卡的話中玄機，聳肩道：「蜜絲堂姐下手自有分寸，她不會把拜倫打死的，頂多剩下他半條命。」

奧斯卡露出不懷好意的微笑道：「希望如此吧……」

「好，」我連忙扯開話題，「我們不談這個了，我留你下來是要問你，蜜絲堂姐說的『五鬼夜行宴』，是什麼東西？」

奧斯卡露出有點遺憾的表情，先是嘆了一口氣，才道：「那是東方的血族為了解決不同派系之間糾紛的傳統決鬥方式，就像西方相信宇宙是由地、水、火、風四大元素構成一樣，東方也認為世界是由金、木、水、火、土五種分子構成，所謂的『五鬼』，就是以這五大元素為概念進行的決鬥。雙方各派出五名人員上陣，取得三勝者一方為勝出，敗者一方要任憑勝者處置，不得有任何異議。」

「五對五？」我沉吟道：「你、我、拜倫、休斯，和對方賞給我們的大將蜜絲堂姐，剛好五個，看來對方對我們的狀況瞭如指掌。然而壞帝那邊的人馬又如何？」

奧斯卡道：「傳聞中壞帝麾下有三名大將，都是存活超過五百年以上的始祖級吸血鬼，分別是夜摩天、炎摩天和大黑天，或許也和壞帝一起來到紐約市了吧。」

「壞帝本人加上三大將，也只有四個人啊。」我皺眉道：「還有一個人會是誰？不是我要老王賣瓜，但是能參與我們這個級數比試的強者，可不是隨便就有。」

奧斯卡聳肩道：「不知道。不過壞帝畢竟是雄霸東方千年以上的大吸血鬼，即使手上隱藏著一、兩張檯面上沒見過的王牌，也是理所當然的。」

我揚起一邊眉毛，正打算要回話，蜜絲堂姐就在此時拖著半殘的拜倫回來了。

「呦！」蜜絲堂姐露出燦爛的笑容跟我們打招呼道：「你們商量完了嗎？結果如何？」

拜倫的慘狀連我看了都有點不忍目睹。「我說……妳該不會把拜倫打到半身不遂了吧，蜜絲堂姐？」

蜜絲堂姐嘻笑道：「你把我當什麼人了？我下手可是很有分寸的，總不能讓參賽者在還沒開始前就因傷棄權吧？雖然看起來很嚴重，但我可都沒有傷到骨頭喔，再加上狼人的自癒能力，差不多只要一個晚上就能恢復正常了。」

「妳這女人……打從一開始……這一切就在妳的算計中嗎……」拜倫從齒縫裡迸出虛弱和不可置信的聲音。

蜜絲堂姐冷不防一鬆手，讓拜倫摔在地板上。

「這是給你一個教訓，不要小看女人，尤其是像我這樣的美女。」

拜倫癱成大字形躺在地上，不住喘氣：「可惡……妳這女人……是妖怪嗎……竟然這麼厲害！」

蜜絲堂姐一腳踩在拜倫的臉上，而且還用鞋跟頂著拜倫的鼻孔扭轉。「對一個堂堂淑女，竟然指著人家罵是妖怪，真是太失禮了！你還沒受夠教訓嗎？」

「唔喔喔喔喔喔……」拜倫已經悲慘到連話都說不出來了。

這就是惹上「赤色獵殺」的後果，相信拜倫現在一定深深體會到了。

（……妳哪裡算得上是淑女啊？）

「小尼祿，背後說人壞話是不道德的喔～☆」

「——哇靠！我明明沒有發出聲音來，這樣妳也能聽到？而且妳幹嘛還用裝可愛的語尾啊？」

「那麼，我的跟班們，考慮好要參加『五鬼夜行宴』了嗎？」

（……誰是妳的跟班啊？）

我們三人很難得默契一致的將吐槽留在心裡，畢竟蜜絲堂姐的順風耳可不是說笑的，被聽見的後果可是嚴重到我們無法承擔。

「……好像不小心把你們拖下水了呢。」沒有沉默太久，奧斯卡一邊苦笑，一邊環顧著我和拜倫。

「這本來應該是我跟壞帝之間的同族之爭，沒有理由也沒有必要把你們扯進來……」

我聳肩道：「你還是我的委託人，這個案件也還沒有結束。」

拜倫則是以拳頭擊打掌心道：「對我來說，只要有精采的架可以打，就算要和最討厭的吸血鬼合作，也可以暫時容忍一下啦。」

奧斯卡撇過頭去道：「不……你只是多餘的龍套……只是看在尼祿的分上才讓你敲敲邊鼓，不會對你有任何的期待，你完全可以放心……」

——我說奧斯卡啊，你就不要再火上添油啦……

不等拜倫發火，我主動跳出來打圓場道：「總之大家都在同一條船上啦，一些小事就不要太在意了，只要我能領到酬勞……啊，不，是只要我們能取得最後勝利，其他的根本就不是重點啊！」

蜜絲堂姐滿意的點點頭：「小尼祿也長大了呢，愈來愈有一個惡魔獵人的架子了。」

「這跟那個根本就沒有關係好不好！」拜倫忍不住吐槽道：「尼祿剛剛自己都已經不小心洩底了，這小子只是為了酬勞而已啊！什麼大局為重的根本是狗屁！」

「所以我才說他已經是一個稱職的范郝辛了啊。」蜜絲堂姐瞇著眼微笑道：「我們是獵人，可不是慈善家，在保護世界前得要先保護好自己的肚皮，如果連自己都養不活自己，那家族也不會要這一種的范郝辛。」

「稱讚」完我，蜜絲堂姐的微笑表情突然收斂了些，「好了，我和小尼祿之間有點『家人』的事要談，可以請兩位紳士暫時迴避一下嗎？」

「……恭敬不如從命。」

奧斯卡和拜倫巴不得有理由可以遠離蜜絲堂姐這個女煞神，如今領了赦令，那還不有多遠滾那麼遠，兩人幾乎同時以光速移動消失在我的視線內。於是我和蜜絲堂姐暫時共處一室，奧斯卡和拜倫則去準備戰前會議了——其實是技術性撤退的一種美化講法。

我一邊吃著點心補充養分，一邊對著蜜絲堂姐道：「我說，蜜絲堂姐，妳也該告訴我實話了吧？」

「……什麼？」蜜絲一邊喝著果汁，一邊漫不經心的回應道。

我抓了抓頭髮，無奈的嘆口氣道：「就算妳原本是為了文森的委託而從倫敦專程飛到這裡，但是現在文森已經轉向去和東方的血族始祖合作，而以家族和妳一貫的行事風格，不可能在有吸血鬼介入的狀態下還繼續接受委託。除非這中間有什麼我還不知道的原因，而那個原因只有妳能告訴我……」

我說到這裡便停住，靜靜地觀察著蜜絲堂姐的反應。

她「噗嗤！」一聲笑出來道：「該怎麼說呢……看來尼祿成長的不是只有下面呢……作為姐姐大人的我真是感到欣慰。」

「請不要擅自對我的成長做出奇怪的解讀！還有，不要迴避我的問題！」

蜜絲堂姐點頭道：「對意外的地方有著特別的敏銳度，這是一個好的范郝辛一族不可或缺的要素之一啊！話說回來，雖然小尼祿你難得正正經經的問出了關鍵的問題，但很遺憾，我還是不能解答你的疑問喔……現階段來說……」

「啊啊，這個答案也早在我預料之中，」我苦笑道：「反正一定也是什麼家族機密是吧？」

蜜絲堂姐笑而不答，但答案已經顯而易見。

「既然這樣，這個問題妳總該可以回答了吧？」我無奈的道：「『五鬼夜行宴』的舉辦地點到底在何時？何地？這總不會還是祕密了吧？」

「當然可以告訴你。」蜜絲堂姐笑道：「事實上我也是剛剛才收到簡訊通知，時間就是明天午夜，地點就在自由女神像前。」

11章 自由女神像前的夜戰——第一戰

外神使者：炎之支配者·克圖格亞

自由女神像，座落於紐約市附近的自由島，是法國在一八七六年贈送給美國的獨立百週年禮物。是紐約市和美國最重要的地標之一，也是珍貴的世界遺產。

然而今夜，我們這一行人卻要在這最和平的象徵物底下，進行一場人類和非人類之間的血鬥……還有什麼比這更諷刺的嗎？

不過，翻開人類的歷史，其實也就是一部無比諷刺的戰爭史啊。

「——總之，事情就是這樣了……」

由蜜絲堂姐帶頭，我們一行五人，在午夜零時零分，來到了自由女神的底下。

文森一定早就在這附近施放了概念魔法的結界，四周連個鬼影子都看不到，落針可聞。但是像我們這樣的明眼人，怎會不知道黑暗中埋伏了怎麼樣的魑魅魍魎？

休斯用手按摩著太陽穴，一副傷透腦筋的表情。

「什麼叫做『就是這樣了』？這種有勇無謀的行動，要不是我家主人涉世未深、一時不察，答應了你們那連稱之為『冒失』都太過客氣的計畫，我是說什麼也不會讓主人冒這個險的！」休斯一臉不悅。

——休斯啊，我是可以理解你想袒護你家主人的心情啦，但是可以不要把活了一百多年的吸血鬼用

「涉世未深」這詞來形容好嗎？你這是汙辱成語啊……

奧斯卡微笑的道：「休斯，別這樣，人家畢竟是義務相助，我們要秉持著寬大為懷、來者是客的弗拉德家訓，用大海包容萬物的心胸，來應對各種不利的狀況，這就叫做『無入而不自得』啊。」

休斯心悅誠服的一鞠躬道：「是休斯錯了，休斯感激主人的教誨。」

拜倫大幅揚起一邊眉毛，還可以看見附近隱約有青筋跳動。「喂，我可以扁這一對主僕一頓嗎？」

蜜絲堂姐冷冷道：「不行，你要排在我後面……」

「冷靜點，各位女士、先生，」我冷靜的道：「會有機會的。」

完全沒注意到已經在無意識中招惹來殺機的奧斯卡主僕，仍是一味的打量四周道：「話又說回來，不是約在午夜零時嗎？完全沒看到人啊……」

蜜絲堂姐輕笑出聲，「誰說的？他們早就來了。」

「不愧是『赤色獵殺』……」

黑暗中響起冰冷鋼鐵般的聲音。

「吸血鬼！」拜倫一邊皺著眉頭，一邊抽動鼻子，看來他也聞到了吸血鬼的氣味。

從一無所有的虛無黑暗中，忽然浮現了一個穿著黑色長袍，戴著東方國劇臉譜的怪人。

我忍不住皺眉道：「這是什麼？某種統一風格的Cosplay嗎？壞帝規定他底下的人都要穿這種制服嗎？」

「小心你的用字遣詞，年輕的范郝辛……光是你剛剛汙辱了尊貴的陛下之罪，就足夠誅你九族……」面具怪人用足以讓聽者心臟為之凍結的冰冷語氣，這樣說著。

只可惜我也不是被嚇大的。

「喔，我好像有一點毛骨悚然的感覺了……」我搓了搓鼻子道：「不如這樣好了，你現在馬上脫掉面具自殺，我就考慮跟你們的老大道歉，這個交易如何？」

面具後的那張臉恐怕已經因憤怒而變形了，真可惜我無緣欣賞。

「年輕的范郝辛……你這是自己在往火坑裡跳！」

「所以說你們這些吸血鬼，年紀一大都不長記性的嗎？」我聳肩道：「我有名有姓，乃是大名鼎鼎的『惡魔獵人』尼祿，用你的金魚腦袋給我牢牢記住了，因為那會是你帶下地獄的唯一紀念品。」

鬥嘴能力不一定與年紀成正比，打從我的祖先范郝辛教授開始，我們這一族激怒吸血鬼的本事可是代代相傳，堪稱一流。

果然，面具怪人十分怒火中燒的道：「不知天高地厚的小鬼！你的無禮行為已經徹底激怒了陛下三血將之一的我——夜摩天大人！我要把你全身的血液放乾啊！」

「果真是第一關的看門狗嗎？」我道：「也罷，雖然有點大材小用，就當作是熱身運動，我就先把你打發了吧。」

夜摩天散發的殺氣已經不只是針對，根本是迎面而來。

「正合我意……小鬼！我要把你那張只會損人的利嘴給撕爛扯下來！」

眼看「五鬼夜行宴」的第一場決鬥就要在我刻意的撮合下意外開打，「黑影」休斯忽然撥眾而出，走過我身旁，和夜摩天呈面對面的對峙。那優雅而從容的舉動，彷彿他身旁的人都靜止了一樣。

雖然很不想承認，不過這傢伙比起開口後的奧斯卡，更有貴族般的華麗美貌。

「第一戰由我上陣。」休斯開口，不過他的語氣並不像是要求，反而像是宣布結果。

「喂喂，等一下，」我和拜倫同時抗議道：「什麼時候輪到你出風頭了？你給我排到後面去啊！插隊的悶騷管家。」

「很抱歉，這一仗非我不可。」休斯頭也不回的道：「我明白你們想要打頭陣的用意，是想要先行試探對方陣容的實力，但這是夜族之間的爭鬥，本來就沒有讓外人代為打頭陣的理由。更何況……」

說到這裡，休斯語氣一變。那是帶有某種覺悟的，戰士將赴戰場的聲音。

「更何況……如果要試探夜摩天的實力，沒有人比我更適合的了。」

休斯用不疾不徐的，像是和朋友或家人那樣說話的態度，對著夜摩天道：「第一戰的對手是我，你應該沒有意見吧？夜摩天……不，愚弟啊……」

……

「——什——什麼?!」

我和拜倫像煮沸的水一樣，甚至差點炸開了鍋。

「弟……弟弟！你剛剛是說弟弟嗎？」

「哼！」夜摩天冷哼一聲，用右手將臉上的國劇臉譜取下，面具底下的，是一張和休斯有八成相似的臉！

「真虧你能認得出我來。」

「怎麼可能忘記呢？」休斯似嘆非嘆的道：「有二十五年沒見了吧，羅傑（Roger）。」

「正確來說，是二十四年九個月又二十一天。」被喚作「羅傑」的吸血鬼大將——夜摩天冷笑道：「我會記得那麼清楚，是因為我一直在期待我們重逢的那一天，也是我可以為自己雪恥的一天！」

「你還忘不了那時候的事？」

「換成是你，你忘得了嗎？」夜摩天冷冷道：「如果在二十五年前，換成是你被自己的親生兄弟給打落懸崖的話……」

「我是逼不得已，如果那時候不把你打落懸崖，換成家主親自出手，你就必死無疑……」休斯嘆道：「生死不明，總比必死無疑好。」

「說得好聽，好像你當初對我有手下留情過一樣……」夜摩天雙目有殺焰閃動，「要不是我運氣好，剛好落在山壁間一棵突出的樹幹上，我早就跌得粉身碎骨了，也不會有今晚的復仇者——夜摩天出現在你面前！」

「對不起，」我忍不住打斷兩人道：「可以稍微說明一下你們在演哪一齣戲嗎？看起來好像是很芭樂的八點檔。」

「我來說明吧。」奧斯卡站前一步道：「休斯的西蒙（Simon）世家，代代都是服侍弗拉德一族的純血血族，但是休斯的弟弟羅傑，也就是你們現在眼前的夜摩天，卻拒絕接下這一代管家的位置，因此遭到那時的家主、也就是休斯和羅傑的父親，下令除名扼殺，而休斯就是負責執行這項命令的人。」

——我沒猜錯，真的是超級老梗的家族恩怨情仇啊啊啊！

「我只是沒想到你竟然大難不死。既然還活著，就該好好珍惜得來不易的重生機會，為什麼還要隱姓埋名，甚至投入對手的陣營，反過來與弗拉德大人為敵？」休斯像是很惋惜的道。

——不，休斯，這答案很明顯了吧？他是為了要向你報仇才加入壞帝麾下的，你這分明是多此一問！這一定會激怒他的啦……

果然，夜摩天背後彷彿出現了紅色的熊熊烈火，俊美的五官也為之扭曲。

「你竟然問為什麼?!你這個親手把我打入地獄的凶手竟然問我為什麼要復仇！我果然該在重逢的那一刻便立刻殺了你！」殺意傾洩。

這個世界上如果有人可以把「殺意」和「憎恨」擬人化，那具現出來的實體就會是現在的夜摩天。

「……絕對不能原諒你！我一定要殺了你！」

剛剛的冷靜已經蕩然無存，現在的夜摩天簡直是判若兩人。

面對這超越死亡本身的恐怖殺氣，休斯只是微微揚起嘴角，用比冷笑更冷酷的表情道：「那麼第一戰就決定是我，沒有疑問吧？」

我和拜倫都無話可說，這個時候有資格說話的只有一個人。

奧斯卡望著休斯，問道：「能贏嗎？」

休斯用不容分說的語氣道：「一定會贏。」

「要贏，要活著回來。」奧斯卡命令道。

「謹遵主人旨意……」休斯用完美無缺的舉止，朝奧斯卡深深一鞠躬，然後轉身面對夜摩天——他的親生弟弟。

「沒想到我原本極力避免的……到頭來還是無可逃避……」休斯嘆道。

「你的逃避卻是我的朝思暮想……老天爺到頭來還是比較眷顧我，讓我的復仇得以實現……」夜摩天冷笑。

「你已經敗在我手下一次，憑什麼你認為第二次就會不一樣？」

「東方有一句諺語，『士別三日，刮目相看』。」夜摩天冷冷道：「很快你就會親身體驗到那是什麼意思了。」

休斯正要開口，忽然臉色一變，身子飛快橫移半尺。

——嗤！

在他原本站立的地方，忽然冒出三柄像是用黑色柏油凝結而成的尖刀，事前毫無徵兆可尋，要不是休斯閃避得及時，後果不堪設想。

「……只有第六感還是敏銳得讓人噁心的地步啊，那這一招如何？」夜摩天重新戴回國劇臉譜，身上的黑色長袍無風自動，他周圍的空間出現像是海市蜃樓般的扭曲，兩柄黑色飛刀就跟剛才一樣無中生有般凝現虛空，然後一左一右，各自以弧形的軌道向休斯襲擊過去。

「——操影術?!可是能在沒有黑暗的虛空中也能造物，這是……?」我凝視著夜摩天的舉動，語氣中不免有些僵硬。

「這就是我跟隨壞帝大人之後，陛下傳授給我的力量!我的『操影術』已經超越了西蒙一族歷代操影者的力量!我要用這力量，向曾經遺棄我的西蒙一族復仇!首先就從你開始——休斯!」夜摩天長笑道。

休斯一邊險險閃避襲向他的兩柄飛刀，一邊道：「西蒙一族並沒有遺棄你，是你背叛了西蒙一族，背叛了奧斯卡大人的恩寵與期待……」

夜摩天怒道：「你和奧斯卡早已經暗通款曲，形影不離!這在家族中早已經是公開的祕密，我要接這有名無實的管家地位何用?更何況我早已不想寄人籬下，我羅傑·西蒙要闖出自己的名號!走出自己的路!甚至要成為超越弗拉德始祖一族的大吸血鬼!」

休斯惋惜的道：「就是這份野心，才使你不容於西蒙與弗拉德家族，遠走東方……」

「我會殺了你，奪回西蒙家族之長的地位!」夜摩天不斷在虛空中用「操影術」做出各種武器，然後全部像是自動導彈一樣的射向休斯。「然後再殺了你的主子兼姘頭奧斯卡！讓你們去地獄做一對同命鴛鴦！」

休斯忽然整個人靜立不動，除了雙臂護住頭部外，整個人成了一個標靶，讓夜摩天的影武器全部插在身上，插個正著！

「休斯——？你瘋了嗎?!」

所有的人包括奧斯卡在內無不大驚失色，休斯此舉實與自殺無異。只有一個人例外。

蜜絲堂姐露出別有深意的笑容，叱喝著陣腳大亂的我們：「冷靜點！那個管家沒你們想的那麼沒用！仔細看看，他被影武器插到的地方，連一滴血也沒流吧……」

被蜜絲堂姐這麼一提醒，我們才注意到這其中的奧妙。而且仔細看，休斯的身體全部轉為一片漆黑，除了臉部的五官是唯一沒有被黑影包覆的地方。

「『操影術』……西蒙一族每一個成員都是出色的操影者，休斯是把影子覆蓋在自己的身體上，以此做成一層超薄但質量集中高度堅硬的『影鎧』，用來防禦夜摩天的影飛鏢！」不愧是休斯的主人，奧斯卡一經提醒，就知道休斯葫蘆裡賣的是什麼藥。

但是在如此激烈的攻防中仍能冷靜的判斷，蜜絲堂姐的眼力更讓人拍案叫絕。

「夜摩天……你最大的錯誤，就是不該侮辱奧斯卡主人！」休斯用完全失去表情的冰冷，吐出一個個化為實體殺意的字句。

被那種殺氣盯上的人，毫無疑問在對方出手前，就會離開人世。

「你死定了！」休斯用決定性的冰冷語氣，道出彷彿死神般的宣告。

然後他衝向夜摩天……

12章 自由女神像前的夜戰——第二戰

外神使者：炎之支配者・克圖格亞

「喝啊啊啊啊啊——！」

在用如地獄般漆黑的「影鎧」覆蓋下，如今更是連臉部都只留下一條細長的眼縫，僅能看見如烈火一般熊熊燃燒的血色雙眸。休斯彷彿一顆不祥的黑色流星，挾帶著不折不扣的殺意旋風，朝夜摩天猛攻而去。

「喔喔喔——休斯！！」夜摩天一邊放聲怒吼，一邊在虛空中生出更多的影武器，爭先恐後的朝自己奔馳而來的親生哥哥殺去。

密度如暴雨，威力如槍彈，是高度集中的地毯式轟炸。

就算是我或奧斯卡親至，沐浴在這樣的槍林彈雨中，也不可能全身而退。

地面像受到M16重機槍的轟炸過般被射得稀巴爛，休斯的影盔甲也在密集的射擊下被一點一滴的削除，暴露出他原本的肉體，在漫天的黑影中，灑下了點點猩紅的飛花。

那是休斯的鮮血。

「休斯喔喔喔喔喔——」夜摩天一邊用咬牙切齒的聲音，吐出憤怒與憎恨的吼叫。

然後，兩人的戰鬥終於迎向最後的一哩。

——噹！

夜摩天的面具裂成兩半，掉在他的腳邊。

「可惡……為什麼……還是……贏不了你……」夜摩天的嘴角和胸膛處，湧出大量的黑血。

休斯用「操影術」在手中凝結出來的影之劍，在零距離貫穿了夜摩天的胸膛。他用低沉而冰冷的聲音，對著夜摩天道：「那是因為……我跟你之間，有決定性的不同。」

「什麼不同……我有什麼……不如你的？」

休斯搖頭，「我有要守護的主人，而你沒有，這就是我們之間最大的不同。」

夜摩天苦笑道：「是嗎……所以你才……創出影之鎧甲……這個技能，為的就是要當……奧斯卡的盾牌……嗎？」

休斯沒有回答，也不需要回答，答案早已顯而易見。

「哼……當人家的走狗……到底有什麼好的？你倒是說來聽聽啊……休斯……」

對於親生弟弟最後的疑問，休斯給了一個標準之外的回答：「我是奧斯卡主人的管家，奧斯卡大人是我的主人，這就是我人生的全部意義，理由什麼的根本不需要。」

「果然是你會做的回答呢……哼……到最後還是那麼討人厭的傢伙……」夜摩天的瞳孔迅速放大，再黯淡下去。「你就一輩子當弗拉德家族的狗……卑屈的生存下去吧……」

——轟！

一聲爆響，夜摩天的身體化為黑色霧塊消散，神形俱滅，再不存於世。

西蒙家族兄弟的糾葛，終於劃上休止符。

休斯默默地轉過身來，從他的臉上，看不出一點情緒反應。他緩慢的走到奧斯卡身前，難得的是他仍能保持一貫的優雅從容，明明身上還有一堆傷口在滴血……

休斯向奧斯卡畢恭畢敬的一鞠躬，開口道：「啟稟主人，休斯回來了。」

沒有喜悅和驕傲，彷彿只是淡淡陳述一件已成的事實。

而奧斯卡也沒有太多的反應，只是微一點頭道：「嗯，辛苦了。」

這就是這一對主僕間的互動。

「『黑影』休斯嗎……」一旁的拜倫用好戰的眼光打量休斯道：「以戰士的資格論，你也算得上一個角色了。待這次事了後，一定要好好跟你討教討教……」

拜倫的好戰癖又發作了，雖然狼人的強橫攻擊力對上休斯的影之鎧甲防禦，應該會是很精采的一戰，但是現在的我卻無暇去想這場對決。

「恭喜你們，勝了第一場，朕要對你們幾個人的健鬥致上敬意。」空中傳來縹緲如煙的聲音。

我們抬頭一看，便看到壞帝本人浮在自由女神像的膝蓋處，身上散發著號令天下的氣勢。

蜜絲堂姐哼道：「我最討厭男人在我上面了！」

姑且不論蜜絲堂姐這番發言會不會造成誤解，蜜絲堂姐是那種想到就做的行動派，她反手握住背上巨斧的斧柄，正要拔出來的時候——

「請自重，年輕的范郝辛女士啊……現在還不到我們約定要出手的時候，就算范郝辛一族與我夜族之間是世仇，朕也會依照約定，不要逼朕做個違約之人……」

壞帝這番沒頭沒尾的發言，竟然真的逼退了號稱「出手必見血」的女煞星——「赤色獵殺」蜜絲堂姐。至少蜜絲堂姐的手離開斧柄了。

「明智的選擇。」壞帝道。

「會有機會的，」蜜絲堂姐瞪著壞帝哼道：「你一定有機會試試范郝辛一族最強的斧頭，等著瞧吧！」

壞帝沒有接蜜絲堂姐的話，明智的選擇。

這下就算是瞎子也該知道蜜絲堂姐和壞帝之間達成了某種私下的協議，只恨我們連問都不能問出口。

「我討厭這種感覺，」拜倫抱怨道：「感覺像是被綁起來硬塞蔬菜一樣。」

「沒人要你喜歡，」蜜絲堂姐一臉凶神惡煞的道：「你也可以現在馬上回家，享受你的烤鹿大餐，我不介意多打一場。」

拜倫臉飛快的紅了一下，卻出奇的沒有出聲反駁。

——等等！拜倫，你該不會是……？

我看過拜倫那種表情，那是他十一歲的時候，當他第一次遇見初戀對象，那個比他大七歲的阿爾法女狼人，那是一段包括我和拜倫在內，都不願去回首的青澀記憶。

——但是拜倫和蜜絲堂姐？拜託！這比羅蜜歐和茱麗葉還要更狗血更悲劇！

拜倫顯然注意到我看他的眼神，他惡狠狠的瞪了我一眼，很明顯的警告著：敢說出去你就死定了！

我向拜倫投去了個心照不宣的眼神：放心吧，拜倫，愛上蜜絲堂姐不是你的錯，但為了不讓你英年早逝，我死也不會讓蜜絲堂姐知道你暗戀她的這件事的。

拜倫很滿意的偷偷笑了。他顯然還不知道他走上了怎樣的一條不歸路。

「廢話少說。」冷哼一聲，壞帝大袍一揚，整個人再飄浮升高一尺，「進到自由女神像裡面去吧，第二場夜宴的戰場就在那裡。」然後不等我們有任何反應，就用念動力瞬間移動，消失掉了。

拜倫哼道：「這年頭的 Boss 都那麼流行裝模作樣嗎！」

「別再抱怨了，趕緊把這件事解決掉吧，我已經開始想念我的床鋪了。」我沒好氣的道。

＊　＊　＊

我們五個人沿著自由女神腳下的入口，進到女神像的內部。經過歷代的改建，自由女神像裡面已經是非常寬敞明亮的白色建築了。

夜宴第二戰的會場，就在我們眼前。一座白色的石造擂臺，周圍還有六根成六芒星狀排列的石柱。石柱的中心，擂臺的中間，站著第二名魔將。

「末將乃壞帝大人麾下三大魔將之二——炎摩天！負責『五鬼夜行宴』的第二關。」炎摩天的聲音炙熱如烈火，低沉如雷鳴，「誰來當末將的對手？」

「喔……復古風是嗎？我喜歡！」拜倫一邊把十指互勒得「劈啪！」作響，一邊踏步向前，笑道：「這一仗該輪到我了，誰都別想搶，一直坐著看戲，可不合我的本性啊！」

包括我在內，似乎都沒人想和拜倫這戰鬥狂搶這一仗，甚至連蜜絲堂姐都不發一語，看來她也默許了這一場派對組合。

「報上名來，末將不殺無名之輩！」戴著彩繪著一張怒臉的東方臉譜，夜摩天的聲如洪鐘。

「紐約市狼族之長──『狼王』拜倫。」拜倫露出虎牙笑道：「也是你在這世上最後一個知道的人。」

「拜託，先生們，如果要相親聊是非的話，明天請早好嗎？」蜜絲堂姐不屑的道。

被蜜絲堂姐這麼一激，炎摩天也倒罷了，戴著面具看不到臉上神情。拜倫的臉則像是發了三天的高燒，或是吃了春藥的貓咪一樣，又紅又燙。

狼人一族的習俗，絕對不容自己在心儀的異性面前丟臉。

「喔喔喔喔喔喔！我要殺了你！撕裂你！把你五馬分屍啊！炎摩天──！！」拜倫仰天長嘯，結實的肌肉在胸膛和手臂上隆起，全身都長出濃密的棕毛，已經進入了半獸化的戰鬥型態。

蜜絲堂姐咋舌道：「發生什麼事了？這狼人小子怎麼忽然認真起來了？」

──蜜絲堂姐，妳就是那個原因啊……

13章 戰鬥中產生的疑問與無奈

舊日支配者：克蘇魯

「吼——！」

震耳欲聾的吼叫，就是宣戰的鐘聲響起。拜倫飛身而起，巨爪在虛空劃下殺戮的銀痕。

「只不過是徒具蠻力的野獸——」炎摩天迎上前，露出一對鋼製的手套。

「是可以置你於死地的野獸！」拜倫的身體像是顆砲彈一樣，直接衝撞向炎摩天。

「未必見得！」炎摩天雙掌一拍，忽然有一團高溫的火焰團塊，出現在他雙手間。「你想要自己烤幾分熟？狼人小子——」

從炎摩天兩掌間散發出來的火焰，很快蔓延到他的全身，漸漸成了火即人、人即火，人火不可分。

「竟然是發火系的！」奧斯卡咕噥道：「這可有點棘手了。」

「什麼是發火系的？」我問。

「血統悠遠的血族都會發展出專屬的異能，像是西蒙一族的『操影』、曼達拉一族的『海市蜃樓』、海因斯家族的『時間加速』，還有位於血族頂點德古拉一族的『霧化』和『念動力』等異能。」奧斯卡一邊咬著手指，一邊露出發亮的獠牙道：「由於太陽與火也是吸血鬼一族的弱點，所以有著與血族相剋異能的發火系吸血鬼，通常會被歸類為最難應付的對手，因為火和銀是所有血族和狼族共同的弱點。」

「還有惡魔獵人也是。」我補上一句。

我裝作沒看到奧斯卡不屑和快昏倒的表情，向後者問道：「那麼依你看，這第一場夜宴，誰會勝出？」

奧斯卡想也不想的道：「當然是拜倫。」

「為什麼？」我訝道：「我還以為你討厭他……」

「我是討厭他沒錯啊。」奧斯卡理所當然的道。

「那你為什麼會希望希望他勝出？」我問。

奧斯卡翻了翻白眼，道：「他可是在紐約市和我分庭抗禮的男人，如果他輸給了壞帝的手下，那和他齊名的我豈不是很沒面子嗎！」

「……」

不愧是奧斯卡，夜之貴公子。

把鏡頭轉回交戰中的正戲，猶如火神轉世的炎摩天，和轉換成半獸化狀態的拜倫，已經如火如荼的戰在一起。

「沒想到你還挺有一套的，狼人小子！」

「哼，好戲還在後頭呢！保證讓你大開眼界，愛玩火的臭蝙蝠！」

乍看之下兩人似乎戰得不分軒輊，但是仔細看下來，就會發現到奧斯卡說得沒錯，炎摩天的魔焰確實是非人族的剋星。別的不說，就拿每次和對手近身接觸時，拜倫的獸毛就會被燒焦好一大片，讓他心疼得哇哇大叫、跳上跳下，偏偏又無可奈何。

「他媽的！竟然躲在火焰的龜殼裡面，其實你是哥吉拉吧！」拜倫怒罵。

——不，拜倫，長得像烏龜的其實是卡美拉啊……

雖然我很想吐槽，但是看拜倫在熱戰之中又落得如此狼狽，我有點不忍心落井下石。

呼！

拜倫的雙爪一揮，便把炎摩天的身體撕裂——本來應該是這樣子的，但是炎摩天的軀體有著火焰之盔的保護，拜倫根本不敢把這一爪給抓實，豪氣的鋼爪只能用來撕裂空氣，可以想像拜倫的心中有多悶了。

「愚昧的野獸！你是鬥不過末將的！」

輪到炎摩天出招了，他一個前衝，雙掌推出，澎湃的熱氣和火焰印證了「人未到，招先到」的說法，拜倫大叫一聲，整個身體在地上打滾，好不容易避開了這一招。

「野獸就該有野獸的樣子，不該想學高等血族或人類用兩隻腳走路，你現在看起來順眼多了！」

炎摩天一邊發出不屑的嗤笑，一邊乘勝追擊，形如傘蓋的火海迎頭往拜倫罩下，如果被罩中了，在那樣的高溫下，鐵定連骨頭都會被融掉。

「——拜倫！」關心則亂，雖然我對拜倫的實力有極高的信心，但這一招火海攻勢就算換成我來接，也沒把握全身而退，我忍不住呼出聲來。

「哼！老虎不發威，別把我當病貓了！」拜倫怒吼一聲，氣勢忽然變得威猛無比，彷彿連每一根毛髮都豎了起來一樣，然後展開身形，用快到連肉眼都無法辨識，快到任何文字都無法形容的速度，脫離了炎摩天的火傘攻勢。

「有意思……明明是一介獸人卻能使用高等血族的『加速』嗎？小子，你不是普通的狼人吧？」

拜倫一口氣竄出了二十公尺之外，在遠離擂臺的地方，用惡狠狠的眼神瞪著炎摩天，彷彿想用視線把對方直接生吞活剝了一樣。

「我本來不想用這一招的……看樣子不用不行了！」

拜倫此言一出，我方無不人人臉上浮現震驚的表情。

拜倫轉過頭看見我們的表情，訝道：「怎麼了？我出絕招是這麼不得了的事情嗎？」

「……不，我們只是沒想到你會用這麼老梗的臺詞，一時不察失神了。」我愣愣的道。

「什麼啊？你們！真的是我的伙伴嗎?!」拜倫看來是連想死的心都有了。

「……沒想到末將在有生之年還可以聽到這麼熱血的臺詞，真是讓末將無限懷念啊……」

沒想到連炎摩天都被感動了。

……

「可惡！我不會被這點小挫折打倒的，看我的厲害吧！」拜倫一邊流淚一邊怒吼，同時他的右手臂忽然異常的腫脹起來，幾乎大了兩倍。

「喔喔！這是……！」

聽奧斯卡的語氣，他似乎認得拜倫這一招的來頭，這也難怪，畢竟他們兩個水火不容，互鬥了這麼多年。

「……這麼驚人的氣？狼人小子還有這麼一手啊！」

就連蜜絲堂姐也挑了挑眉毛，可見拜倫這一招的分量。

「……獸王——痛恨擊！」

當拜倫五爪上累積的氣到了一個驚人的分量時，他立刻往前一伸，然後絕對的暴力、完全的破壞，開始咆哮、肆虐。

「嗚喔喔喔喔喔喔——！」

剎那間，世界被純粹的暴力給蹂躪了。

炎摩天雖然在一瞬間叫出炎之牆保護自己，無奈拜倫的「獸王痛恨擊」威力實在太猛太強，炎之結界就像一道紙紮的盾牌一樣被暴力之爪給撕裂，下一秒，更讓炎摩天被勁風和爆炸給吞噬。

——轟！！

轟然巨響後，火滅，風止。炎摩天和他原本立身所在的擂臺，像是被人用砲彈轟過一樣凹下一個碗狀坑，拜倫的一擊之威簡直驚人！

我立刻鼓起掌來：「幹得好啊！拜倫，我要對你另眼相看啦！」

蜜絲堂姐冷冷地打斷我道：「要喝采慶祝勝利還太早啦，敵人還沒倒下呢……」

我聞言轉頭望去，果然見到炎摩天半跪在凹坑中心，身上的火焰早已消失無蹤，連衣服都變得破破爛爛，和剛才的不可一世有天壤之別。

不過拜倫也沒有好到哪裡去，他先前被炎摩天燒傷的部分仍未復原，身上還到處是漆黑焦爛的傷口，動用「獸王痛恨擊」更是高度消耗精氣神的大絕，他現在喘得就跟剛跑完馬拉松的老狗一樣，一副隨時都要暈過去的樣子。

「……不分上下嗎？」

彷彿要反駁奧斯卡的低語，原本呈現半跪姿勢的炎摩天，忽然「刷！」地一聲站了起來，昂然筆挺，氣勢又壓過了拜倫。

我暗叫不妙，明眼人都看得出來拜倫實在已經油盡燈枯，舉步維艱，隨便一個正常人都可以把此刻的他放倒，更不要說還想和炎摩天繼續作戰。

我最清楚拜倫的個性，要他投降認輸那是絕無可能，那還不如直接殺了他，必要時，就算直接被說犯規也不足為惜，我一定會介入這場戰鬥。我可不能眼睜睜的看著拜倫死在我眼前。

拜倫不落人後的勉強挺直腰桿，眼神惡狠狠地直視著對手。也真難為他了，我估計他現在應該連呼吸都會感到十分疼痛了吧。

「……」

炎摩天和拜倫兩人只是默默對視，但氣氛卻是異常緊張，落針可聞。

「……哼。」炎摩天忽然出聲打破了緊張的沉默。「狼人小子，你說你叫什麼名字？」

「啊?」拜倫沒想到對方會突然有此一問，一整個錯愕道：「你老年痴呆了嗎?我不是告訴過你我叫拜倫嗎?」

「拜倫嗎?沒想到狼人一族中也出了如此驍勇的年輕英豪。」炎摩天忽然揚聲道：「這一仗，是未將輸了，我承認敗北。」

「——什麼?!」

我們一行人聞言無不感到錯愕，而且看上去最不能接受的就是拜倫自己，兩人戰力都還未見底，而且打下去贏面較大的多半還是夜摩天，現在贏家竟然主動認輸，當然叫人難以置信。

「開什麼玩笑!你看不起我嗎!我才不承認這種莫名其妙的勝利方式!你給我好好再來打過啊!」

拜倫勃然大怒，幾乎就要立刻衝上去和夜摩天拚命了，要不是我死命拉住他的話。拜倫凶目中殺氣暴射，我幾乎懷疑他想要連我也一起幹掉。

「尼祿!你快放手，再攔著我就算是兄弟也沒情分好講!」

我當然不可能被拜倫一罵就放他去送死，一邊用雙手緊緊地架著對方，一邊用力的道：「你冷靜點!先聽對方說明原因，再戰不遲啊!」

——媽的!這傢伙哪來這麼大的蠻力啊?我都有點懷疑我是不是該乾脆放手讓拜倫回到戰場算了，

他怎麼看都不像是一個重傷的人啊！

——奧斯卡！休斯！你們還在一旁看什麼好戲？快來幫忙啊！

偏偏這時候炎摩天還在火上澆油的搖頭道：「輸了就是輸了，末將不會為自己找任何理由。」

拜倫簡直氣炸了鍋，比吃了興奮劑的公牛還衝動，「你看看他說的是什麼話？得了便宜還賣乖，驕傲的狼族戰士絕對不能忍受這種汙辱！快放開我，尼祿！我一定要跟他拚命！」

「嗚……我快拉不住他了！奧斯卡和休斯，你們兩個快來幫忙啊！」

就在我和拜倫持續上演拉鋸戰的時候，炎摩天淡淡地道：「如果你無論如何也要一個交代的話，那末將也早有準備……」

「……什麼？」

我和拜倫都聽出炎摩天語氣中的異樣感而同時愣了一下。與此同時，炎摩天的心臟處忽然發出「波！」的一聲悶響，接著他的身體迅速燃燒起來，但卻不是之前那種攻擊用的炎之盔甲，而是有點像是蠟燭自燃耗盡的那種感覺。

奧斯卡色變道：「你……你竟然用夜魔之火燒掉自己的心臟?!你這等於是自殺啊！你為什麼要這樣做？」

炎摩天的面具忽然裂開，露出一張充滿痛苦但依然堅毅的俊臉，緩緩道：「勝者生，敗者死……這就是黑暗世界的規則，末將只是遵照遊戲規則而已，沒什麼大不了的……」

拜倫一副完全不能接受的態度吼道：「開什麼玩笑?!你這完全是贏了就跑的做法！我絕對不能接受！你馬上給我治療好！我們再來大戰三百回合！」

面對拜倫這完全不合理到近乎荒唐的要求，炎摩天只是淡淡露出一絲苦笑。「只怕末將不能從命了……這是一場很精采的戰鬥，作為末將生命中最後一場戰役，末將並無遺憾……」

「哪有……這種事……」拜倫最後還是不得不接受這個戰鬥結果，他轉而一臉嚴肅和尊重的望著炎摩天道：「雖然我完全不能理解你這麼做的原因……但是我尊重你的選擇，你是一個了不起的戰士，希望來生還有與你再戰之日……炎摩天將軍。」

對於狼族來說，這就是最高尊崇的致敬了。

炎摩天的下半身已經全化為灰燼，只剩下頸部以上的他，依然堅忍不拔的微笑道：「末將也很榮幸……能夠跟狼族之長有交手的機會……拜倫……來生再戰了……」

言猶在耳，炎摩天已經徹底灰飛湮滅，只留下地面上裂成兩半的面具，作為他曾經存在於這世上的紀錄。

「可惡！」拜倫激動的一拳擊在地上，轟出飛沙走石。「這算什麼！贏了要死，輸了也要死！這場夜宴之戰，到底有什麼意義？我實在搞不懂啊！」

奧斯卡苦笑道：「別說是你，連我也被搞迷糊了，壞帝的葫蘆裡到底是在賣什麼藥？」

休斯淡淡道：「有一個人一定知道……」

我們都立刻聯想到休斯說的那個人是誰。

——蜜絲堂姐。

14章 神祕的第四人

舊日支配者：克蘇魯

蜜絲堂姐，她是唯一有可能知曉壞帝陰謀的人。

問題是誰來讓她說出來？誰敢當那個在貓脖子上掛鈴鐺的老鼠？

——I´m at a payphone trying to call home, all of my change I´ve spent on you.

正當眾人的視線集中在蜜絲堂姐身上的時候，忽然場中響起了慷慨激昂的搖滾情歌，雖然好聽，但跟此刻的氣氛搭配起來，就是一整個詭異啊……

——Where are the times gone baby, it´s all wrong, where are the plans we made for two?

「……Maroon 5《Payphone》（魔力紅《公共電話》）？會用這種百年前老歌當來電鈴聲的只有范郝辛一族的人，是蜜絲堂姐妳的手機在響？」我的雙肩忍不住垮下來的道。

「沒錯，果然是行家。」蜜絲堂姐無視眾人的眼光，好整以暇的把玉手伸進自己的……乳溝中，拿出了一支造型精巧的小手機。

……我說蜜絲堂姐啊，妳沒事把手機藏在那裡幹什麼？雖然妳是有這樣做的本錢啦，可是這對某些人來說刺激太大了啦！妳看拜倫的鼻血都流下來了。

「……好想變成那支手機喔。」

我裝作沒聽到拜倫的囈語，眼睜睜的看著蜜絲堂姐慢條斯理的把手機湊到耳邊，還來得及奏完最經典的幾句。

——If happy ever after did exist, I would still be holding you like this.

——All those fairytales are full of shit, one more f**king love song, I'll be sick.

——Now I'm at a payphone.

……我忘了說，絕大多數的范郝辛，包括我自己在內，都是無可救藥的老式搖滾情歌中毒者。

「……喂喂，什麼事？我現在很忙，最好長話短說！」

——妳哪裡忙了？妳根本從頭到尾都在看戲吧！

蜜絲堂姐完全無視我們吐槽的目光，逕自一個人講起手機。

范郝辛一族使用的手機上面都經過多重封印法術和高端科技的加持，可以避免任何方式的竊聽，所以就算聽力高明如拜倫和奧斯卡這類順風耳者，也不可能知道蜜絲堂姐在跟誰講電話。

「……你說什麼？」蜜絲堂姐講到一半，語調忽然變得有如寒冰。「……這跟當初講好的不一樣，我最討厭被人呼來喝去了，你最好有很好的理由給我！」

雖然不知道電話那一端的身分是誰，不過我實在很佩服他的勇氣，敢惹蜜絲堂姐生氣，後果可能比直接把頭伸進餓了三天的老虎嘴巴裡面還要嚴重。

只聽蜜絲堂姐繼續對著手機道：「什麼……你怎麼會知道這件事情？你這是明目張膽的威脅！我長這麼大只有我威脅別人，沒有人敢威脅我！……我知道了……我照做就可以了吧！」

蜜絲堂姐的最後一句話簡直是用吼出來的，氣沖沖地掛了電話。

「……」旁人還不覺得，我自己倒是被嚇得目瞪口呆，下巴差一點就要掉下來了。那個上天下地、唯我獨尊的「赤色獵殺」蜜絲竟然也有跟人妥協、跟人低頭的時候，簡直就像奧斯卡發誓要守身如玉一樣的不可思議啊！

「哈秋！」奧斯卡在我身邊打了一個噴嚏。

蜜絲堂姐無言的轉過身來，一句話也沒說，只是緊閉著朱唇，殺氣騰騰的向前走去，而且很明顯的把「不爽」這種情緒當成外衣披在身上，所經之處都散發著生人勿近的無形壓力。

沒有人敢去打擾這個時候的蜜絲堂姐，就連想輕生的人也會去找其他輕鬆一點的死法。

所有人都不敢說半句話，只是默默地跟在蜜絲堂姐後面走，氣氛詭異到了極點。

＊　＊　＊

從第二會場一路向上走了十分鐘之後，我們終於抵達了夜宴的第三會場，見到了壞帝的最後一名大將——大黑天！

大黑天戴著一張哭臉的國劇臉譜，披著色彩斑斕的多層次斗篷，看上去有點像是馬戲團裡小丑和魔術師的綜合體，但只要看上他一眼散發出來的黑暗氣息，肯定沒人能笑得出來。

「歡迎……吾是夜宴的第三把關者……大黑天……」

像是鐵銹味一般讓人不快的聲音，真是的，難道每個戴面具的傢伙都要這樣裝模作樣講話嗎？

「竟然能不損一個人的來到第三關……確實是很受幸運之神眷顧的一群啊……不過你們的幸運也只能到這裡為止了……身為壞帝大人麾下最強的魔將……吾的實力可不是敗在你們手下的另兩名魔將可以望其項背的……放馬過來吧……吾馬上就讓你們見識到什麼是真正的恐懼……」

出乎意外是個聒噪的傢伙呢。

蜜絲堂姐在我們還沒來得及反應之前，已經走上前去，說道：「你的對手是我。」

大黑天道：「就算是女流之輩……吾也不會手下留情……如果你們是打這種如意算盤的話……最好馬上換人……」

「廢話少說。」

蜜絲堂姐一開口的瞬間，氣氛整個轉換了，彷彿從南國溫暖的太陽底下，忽然被人移轉到冰天雪地的極地去一樣。

蜜絲堂姐渾身散發出會讓人皮膚感到刺痛的殺氣，面對這樣驚人的殺氣，所有與她對峙中的敵人只會想到一件事——死！

彷彿直接赤身裸體站在死神面前，其迎接的結果只會是一個必然。

——純粹沒有餘地的死亡！

「妳……妳……！」大黑天是最直接感受到這股死亡壓力的人，他甚至連話都說不出來了。

蜜絲堂姐冷冷的道：「算你倒楣……我現在心情很差，剛好需要找個對象發洩一下，被秒殺只能怪你自己運氣不好了！」

「妳——妳到底是誰?!」大黑天發出面臨死亡前驚恐的叫聲。

蜜絲堂姐沒有理會大黑天最後的質問，只是反手抽出背後的雙柄戰斧，然後舉起，揮下。

就只是這樣簡單不過的動作。

——轟轟轟轟轟轟轟轟轟轟轟轟！

挾帶著紅色鬥氣的衝擊波彷彿戰艦的主砲般，一直線的吞噬了大黑天的身體，餘威還轟破了牆壁，直接在自由女神像的外體上打了一個大洞。至於直接被衝擊波轟中的大黑天，當然是屍骨無存，連一點殘渣都沒剩下來！這一擊之威，甚至還在拜倫的「獸王痛恨擊」之上，簡直可驚可怖！

我們全都看著彷彿是被核融合砲射擊過的現場，張目結舌，一句話都說不出來。

「……開玩笑的吧？壞帝麾下最強的魔將，竟然才一擊就被幹掉了，這女人真的是人類嗎！」以奧斯卡一向的冷靜自負，竟然會說出這樣的話來，可見蜜絲堂姐給他的衝擊之大。

「這女人……強到沒有天理了！」

連拜倫也像是個沉迷偶像的 Fan 一樣，語氣除了崇拜還是崇拜。

──喂喂！蜜絲堂姐確實是強到逆天沒錯，但是你們也不用失心瘋成那樣子吧！特別是拜倫，你的口水都要流下來了！

不愧是號稱范郝辛一族最強的女性，會走路的天災！「赤色獵殺」只用一擊就把實力還在夜摩天和炎摩天之上，壞帝直屬的最強魔將大黑天轟得灰飛湮滅！這份強悍簡直可以和我那變態老爸媲美了！

發洩（殺戮？）過後，蜜絲堂姐的心情像是好了一點，反手把戰斧插回背後，就像是完成了一件微不足道的小事，接著瞥了一眼還在發呆的我們，不悅的道：「還愣著幹什麼？走啊！還有兩場沒打完呢！」

被女王一喝叱，我們才如夢初醒（還是惡夢）般驚覺回神。不多說，眾人立刻乖乖站成一排，讓蜜絲堂姐如母雞帶小雞的率領我們繼續前進，就連最講究男性主義的拜倫都不敢多吭半個字。要是惹來蜜絲堂姐不高興一斧劈來，那下場可不堪設想。

＊　＊　＊

我們五個沿著螺旋狀的階梯往上走去，估計來到了自由女神大約胸部的高度，第四會場終於出現在我們眼前。

「不過壞帝麾下只有三大魔將……加上壞帝本人也只有四個人，除非最終頭目要提前下場，要不然這一關的把關人會是誰？」

奧斯卡的疑問很快便得到答案。

一名戴著哭臉的國劇臉譜面具，身穿褐色大衣軍裝，身材中等的男子，就在早已搭好的青花石擂臺上等著我們。

「歡迎光臨……第四場夜宴……」

聲音清澈而沉穩，但顯然這個人的外型到聲音都經過概念魔法的偽裝，所以儘管他給人一種似曾相識的感覺，卻沒人真的能認出來他是誰。

拜倫皺眉問道：「你是誰……為什麼要特別遮住真面目不敢示人？是怕被我們認出來嗎？」

拜倫會有此一問，表示他跟我一樣，也對眼前此人有著似曾相識的感覺。原來他的腦袋不是只有長肌肉，我之前都錯怪他了。

戴著哭臉面具的軍裝男人乾笑道：「我是誰不重要，你們只要知道我是夜宴的第四守關人就好了……」

奧斯卡哼道：「總該有個名字吧！難道真要叫你第四守關人？」

哭臉面具男淡淡道：「有何不可……」

蜜絲堂姐忽然不耐煩的插進來道：「哪有那麼多廢話！對方是阿貓還是阿狗重要嗎？反正是敵人，只要幹掉他就好啦！尼祿！你上！」

「我？」我有點意外的指著自己道：「可是我是主角耶！主角不是都應該最後一個上場的嗎？」

蜜絲堂姐皺眉加翻白眼，「少囉唆！叫你上就上！挑什麼挑啊？還是你想跟我打！」

「遵命！我立刻上陣！」

我想也不想的抽出「米伽勒」和「加百列」，立刻跳上擂臺，生怕慢了半步，女死神的鐮刀（戰斧）就會朝我劈過來。

我站在哭臉面具男的面前，那種似曾相識的感覺更濃烈了，我一定見過此人！

「你到底是誰？」我問道。

哭臉面具男沒有正面回答我的問題，只是好整以暇的抽出一把軍刀，一把步槍。

左刀右槍，而且他擺開的架式……似曾相識?!

「來吧，看看你是不是夠資格當一個獨當一面的范郝辛了？尼祿！」哭臉面具男朝我喝道。

我則是臉色大變，終於瞭解到蜜絲堂姐硬要趕鴨子上架，也要逼我打這一場的原因。

「范郝辛格鬥術?!」我厲聲道：「你是范郝辛一族的人?!」

15章 那一年，我們一起追過的女王

尼祿(未來的)性感女祕書：安妮

「廢話少說，要上囉！」哭臉面具男道：「接招吧！」

——砰！

哭臉面具男二話不說，舉手便是一槍朝我射來。

「來真的嗎？你這傢伙！」我的身體先一步思考而行動，右手的「米伽勒」來到定點，槍口噴出煙火，子彈的去向是瞄準——對方射出來的子彈！

——鐺！

兩顆子彈在空中碰撞在一起，迸出星火，然後彈開。

「這是范郝辛槍鬥術的以牙還牙——」我沉聲道：「如果你是范郝辛一族的人，就一定知道——」

「那又如何？」哭臉面具男用冷淡到像是機械的聲音，帶著軍刀一口氣拉近了我們之間的距離，然後一刀斬下！「是不是范郝辛，有那麼重要嗎？」

——鏗！

千鈞一髮間，我用左手「加百列」的槍身，擋下了哭臉面具男的斷頭一刀。

以歐哈里鋼鍛鑄，再經過神聖魔法加持的世界最強改造手槍「沙漠之鷹」，竟然被砍出了一道缺口！我差一點沒有當場哭出來！這可是我的愛槍啊！

「——好！不管你是誰，這一下我們梁子都結大了！」我的胸口湧出無名的怒火。

——鏘！

我先是往後退去，拉開足夠的距離，雙手反叉將雙槍送回槍套，然後拔出背後的魔劍「血魂」！所有的動作只在一秒間完成，如行雲流水，一氣呵成。

槍、劍、體術，均可對應不同的狀況在第一時間內完成切換，這才是真正的范郝辛格鬥術。

哭臉面具男面對我的動作，只是淡淡道：「基本動作還可以……不過問題是接下來……」

我揮舞著「血魂」，人劍如巨鵬展翼翅般飛撲而下。「別說的你好像是老師一樣！」

——鏗鏘！

哭臉面具男用軍刀擋下了我的「血魂」，迸出劇烈的火花。他的實力竟然遠在我想像之上，軍刀裡面蘊含的力量，就像一輛電車直接朝我撞過來一樣，我的「血魂」被彈開，劍柄反退撞上我自己的胸口，血液湧上喉嚨和腦袋，悶哼一聲，往後飛開。

「尼祿——！」在我飛退的過程中，似乎還聽到奧斯卡和拜倫擔心的驚呼。

可惡！我怎麼能在這裡吃下第一場敗戰呢！

我在空中用盡吃奶的力氣，勉強自己扭轉身子，在撞上牆壁前就讓自己回復到作戰姿態，雙腳一撐，拿身後的牆壁當出力點，以快兩倍的速度去而復返，反攻哭臉面具男！

「好！」

哭臉面具男一聲喝采，軍刀揮灑開來，如蝴蝶般上下翩翩飛舞，在優美好看中又隱含著層層殺機，這種洗鍊的戰技絕非一朝一夕可成！這傢伙是貨真價實！而且恐怕是比我和蜜絲堂姐加起來都還要資深的范郝辛！

問題是我尋遍腦中記憶，也不記得家族中什麼時候有這麼一名戰技高深，而我又未曾謀面的人物！

「你絕對不是血族的人！你到底是誰？」我再次逼問眼前的對手。

哭臉面具男冷冷道：「戰鬥中不需做無謂的分心……打起精神來應付眼前的敵人才是上策……」

說話的口氣簡直就像老師指導學生一樣。

我冷笑道：「連真面目都不敢示人的傢伙……有何資格教訓我！」

「就憑我的實力！」

哭臉面具男嘴上說話，手上加緊，軍刀一纏一絞，一股又黏又膩的旋勁從他的劍身直逼「血魂」劍刃，讓我的五指連劍柄都握不住，駭然中被逼得放開劍柄。

——在正式的戰鬥中被逼得武器脫手！這可是我活到十八歲以來從未有過的奇恥大辱！

「你還太嫩了！小子！」

哭臉面具男毫不留情的乘勝追擊，軍刀長驅直入，目標是我的心臟！

——颼！

我在千鈞一髮間，躲開了這足以致命的一擊，但仍然付出了死裡逃生的代價，風衣外套和腰部都被劃開長長的一道傷痕，可是這時的我，連察看傷勢有多嚴重的餘暇都沒有。對手的實力肯定在我之上，如何在這場戰鬥中保住性命，已經變得比戰勝更重要！

哭臉面具男似乎能從我的眼神中看出我心境的轉換，他像是讚許似的一點頭道：「正確的判斷啊……那麼，接下來你想怎麼做呢？」

「小伎倆在你面前看來是沒用了。」我苦笑道：「那就只有用最傳統的方式——一招決勝負了。」我五指一張，「血魂」如被無形之線牽引一般回到我掌中，接著我雙手握劍，擺開架式。「請指教吧！無名的范郝辛前輩！」

事已至此，雖然對方始終不肯表明身分，但我也能肯定對方是范郝辛一族無疑。

哭臉面具男的實力，值得我給他寫一個「服」字，恐怕不在蜜絲堂姐之下。但我還是要繼續戰鬥下去，半途而廢從來都不是我的選擇。

——嗡嗡嗡嗡翁嗡嗡！

我讓高度集中的鬥氣全部灌注在「血魂」的劍身上，後者發出興奮般的嗡鳴聲。

——血魂！你也能感覺到嗎？這是我們出道以來最強的敵人，你也跟我一樣興奮起來了嗎？

我的鬥氣如金字塔般愈推愈高，內心卻變得越發清澈冷靜。

面對哭臉面具男的高超實力，我不得不在戰鬥中找尋突破點，把自身力量又提升至新的境界！難道這就是蜜絲堂姐非要我出戰的真正用意？不過現在的我，已經不會去分心思考這個問題的答案。

除劍之外，再無其他。

這是臭老爹曾經教導過我的一句話，當時的我並不明白這是什麼意思，可是現在我似乎能理解一點了。我眼前的世界裡只剩下我的劍，和哭臉面具男的軍刀，再沒有其他的人事物。

——這就是所謂的心劍合一！

我忽然生出了這樣的領悟！

然後，在我的意識有反應之前，我的劍已經像是活過來的生物一樣，自行出擊了！

「好！你終於也達到『無心之劍』的一步！」哭臉面具男的聲音彷彿從很遠的地方傳來。

——鐺！

我的「血魂」不知道什麼時候和對手的軍刀斬擊在一起。

接下來，一切都靜止了，空間中瀰漫著詭異的靜謐。

「范郝辛劍鬥術的最高境界……無心之劍……這也是你的父親亞歷山大最得意的劍技……你要好好掌握……好好記住……這一刻的心境，未來才有更上一層樓的機會……」哭臉面具男的語氣就像是學校老師給學生講課一樣，還有一種漸行漸遠的感覺。

「等等——把話交代清楚！你到底是——」我這一句話始終未能問完。

——轟！

哭臉面具男的身體，像是風化過後的沙雕堡壘一般，忽然整個分解傾塌了。

「隱身遁……竟然連東方的忍法也會用……這傢伙到底是何方神聖？」

我的喃喃自語，就像哭臉面具男留下的殘影一般，逐漸溶解在風中。

「……消失了。」

不知道過了多久，回神過來的我，才發現眼前的對手早已走得無影無蹤。

「……呃，這樣勝負怎麼算啊？連裁判都沒有的戰爭……」拜倫抓著頭髮，一臉苦惱的道。

從空中傳下的聲音很快的回答了他的疑問：「這一仗就當不分勝負吧，你們可以上來準備第五場夜宴了。」

「壞帝！」

我們用複雜的視線往上望去，但壞帝只見其聲而不見其人，並未現身在我們面前。

「哼！終於要打到最終Boss了嗎？不過很遺憾，剛剛那一場輸的應該是我才對！」我很乾脆的主動認輸，那一場戰鬥再戰下去的結果如何，眾人都心知肚明，沒有必要硬搶不屬於自己的勝利。

壞帝的聲音一副無所謂的老成滄桑道：「怎樣都好，這第五場夜宴才是今夜的真正重點，你們到底要不要繼續？」

奧斯卡毫不猶豫的道：「事已至此，就算你想舉旗投降，我們也不會就此作罷。」

「那就上來吧……迎接你們命運的最後一戰……」

壞帝傳完這一句話就沉寂下去，只留下我們幾個面面相覷。

「接下來你們四個就自求多福吧，我在這裡的任務已經結束，我要回倫敦的家族大本營去了。」蜜絲堂姐忽然做出令人錯愕的爆炸性發言。

「蜜絲小姐……呃，不！蜜絲大姐！您就這樣要離開了嗎？這怎麼可以——！」

我都還沒開口，拜倫已經搶在我之前面對轉身欲走的蜜絲堂姐，臉上是一臉焦急惶恐的表情，我從來沒看過他用這種表情和口氣跟異性說話過。

蜜絲堂姐皺眉道：「怎麼？本小姐要走，難道還要得到你的同意不成？」

拜倫急忙搖手搖頭道：「不不不不！我怎麼敢對蜜絲大姐如此不敬呢！我的意思是，蜜絲大姐您如此來去匆匆，最少也給在下一個機會略盡感謝和地主之誼……」

我的天啊！我這輩子從沒想像過拜倫會用這種文謅謅的口氣說話，這殺傷力實在太強大了，我都差一點要把沒消化完的晚餐噴出來了！看奧斯卡一臉噁心反胃的表情，看來他也有跟我一樣的感覺。

拜倫完全沒注意到我和奧斯卡兩人的反應，他的專注力現在只集中在一個人身上，只聽他繼續對蜜絲堂姐道：「我從來沒見過如蜜絲大姐一樣這麼強悍又這麼美麗的女性！如果就這樣讓大姐您走掉的話，我一定會抱憾終身的！無論如何，請大姐給我一個機會，讓我有榮幸跟您共進晚餐吧！」

——啊啊！說出來了！

……

就算退一百步，這也不是一個適合告白的場所和地點，然而拜倫情急之下，也管不了那麼多了。

我們所有人都不敢發出半點聲音，四周安靜得落針可聞。

「嘻嘻。」蜜絲堂姐忽然「噗嗤」的掩嘴一笑。「竟然在戰場上泡妞，你這個人還真是有點意思呢！不過很可惜，我對比我弱的男人沒興趣。」

一句話直接宣判了拜倫的死刑。

「等你變得更強……至少是現在的五倍強的時候，再來找我吧，或許到時候本小姐會考慮看看也不一定。」

蜜絲堂姐留下了個人風味十足的發言，還有一股淡淡的茉莉花香，隨即毫不留戀、毫不回頭的離開了。留下彷彿被石化成雕像，站在原地一動不動的拜倫，和不知道該說什麼安慰話的我們。

「真是個好女人，配你太可惜了，拜倫。」

到頭來還是奧斯卡打破這難堪的沉默。

「的確是好女人，主人說的一點都沒錯。」

休斯的發言，與其說是附和，不如更像是發自內心的共鳴。

「你們幾個……都被蜜絲堂姐給迷倒了啊……」我雙手抱胸，為這批傾倒於女王魅力底下的男人感慨不已，同時也想起我和凱薩年幼時候，暗戀過蜜絲堂姐的那一段時光。

只不過這一段黑歷史，我是無論如何也不會跟其他人提起的。

16章 壞帝的真正實力

外神使者：炎之支配者・克圖格亞

我們花了不少唇舌，才讓因失戀而心情低落到谷底的拜倫好不容易稍稍振作起來，可以繼續往上前進。只不過，在決戰之前被心上人發卡拒絕，到底會不會讓拜倫從此一蹶不振，無法再展狼（男）性雄風？這個問題一路上一直在我心頭縈繞不已，揮之不去。

還好拜倫已經不用下場了，不影響最後一戰的結果。

當奧斯卡和休斯都和我有一樣的想法，而最終一役又開始開打的時候，我們才發現先前這種天真的思考錯得有多離譜。

不過，千金永遠難買早知道。

＊　＊　＊

我們沿著螺旋狀階梯來到此行的終點，自由女神的頭部，也是第五場夜宴的會場。

壞帝早就在擂臺上等著我們了。而且就如字面上所說，是真的飄浮在擂臺上面，底下沒有半點支撐。

「終於來了……朕等你們很久了……」

我們仰望著壞帝，我第一個露出不耐煩的表情。「我說啊……你要裝模作樣飄在那裡到什麼時候啊……壞帝……不，或許該叫你『徐福』吧。」

「——?!」

我感覺到壞帝隱藏在面具背後的表情肯定錯愕了一下。很好，我等這一刻很久了。

「你剛剛……叫朕什麼？」壞帝的聲音聽起來就算刻意隱藏，也掩飾不了動搖的事實。

我甚至開始掏起耳朵來。「不要再裝了，你根本不是什麼古代的東方皇帝，你真實的身分就是在千年前騙了秦始皇的大筆資源和三千童男女，假裝說要代其出海尋找不死之藥，其實是到了極東之島，把自己轉換成血族的殿前御醫——方士徐福！我沒說錯吧？」

「……」

回答我的是一陣死寂般的沉默。

「不好意思，」拜倫小聲的向我問道：「徐福是誰啊？」

「……不能怪你，拜倫，我知道你連漫畫書上的情節都記不起來。」

倒是奧斯卡驚訝的倒抽了一口冷氣，「你說壞帝是徐福……那他不就是已經活超過兩千歲的血族了?這怎麼可能！」

也難怪奧斯卡會大驚小怪，血族的能力通常和其壽命成正比，兩千歲以上的始祖血族，那可是比奧斯卡一族的祖先——德古拉・弗拉德伯爵還要漫長數倍的光陰！兩者之間的距離簡直天差地遠！不可以里計！正常情形下，就算天地逆轉，奧斯卡對上壞帝單打獨鬥，也沒有半分勝算。

然而我卻一副成竹在胸的樣子，和休斯十足戒備的態度有天壤之別，後者大概已經打算直接越級挑戰，就算主人奧斯卡反對也要身先士卒，為主人搶先挑戰大魔王了。

「休斯……我很佩服你的忠心，不過可以省省力氣了，你的主人是不會死在這一役中的……」

對於我的說法，休斯完全沒打算採納相信。他反問道：「何以見得？」

我盯著壞帝道：「打從一開始，壞帝就沒打算真的置我們於死地，甚至對他的部下也下達了嚴令，要不然我們不可能五個人都安安穩穩地走到現在。最好的例子就是炎摩天，他寧願死，也不願打贏拜倫不是嗎？」

我這話或許會刺傷拜倫的自尊心，但是事實擺在眼前，不容我去抹煞它。

「……朕想知道，是什麼支持你的這番妄想？」壞帝終於回應我的說話了。

「我在不久之前，曾經見過全知者。」我一邊說話、一邊觀察壞帝的反應，我肯定當我提到「全知者」的時候，壞帝出現了千分之一秒的動搖。

「你一定知道全知者，也清楚他的腦袋不是時刻都很清楚，但是只有很少數他保持清醒的時候，他是真的無所不知的，也包括你的真實身分……只不過全知者那傢伙講話實在太含糊了，所以我直到今夜才從記憶之櫃中抽出符合你身分的記憶碎片。」

我又想起在那條破巷子裡的恐怖回憶，什麼見鬼的「虛浮」！其實就是「徐福」！答案打從一開始就擺在我面前，只是我看不出來而已。

「……你又何以肯定朕沒有殺你們之意？」

壞帝這麼說，就等於是默認我之前的質問了。

「因為這才是文森請你來的真正條件，」我終於打出最後一張王牌，「也是蜜絲堂姐肯接受委託的唯一可能。我太瞭解蜜絲堂姐了，如果不是清楚我絕對不會受到傷害，她絕不會接受外人的委託，更不會在這個節骨眼棄我而去。」

事到如今，所有的謎團都解開了。只是我還是不明白，文森和壞帝不惜大費周章安排這一場大戲，甚至損兵折將，到底真正的用意在哪裡？

「哈哈哈哈……！」壞帝仰天大笑起來。「不錯！朕已經很久沒有這種愉悅的感覺了，不愧是命運之星選上的宿命之子，文森沒有看走眼！」

「什麼宿命之子？你還在打什麼啞謎？」我皺眉問道。

「……你還是猜錯了一件事，年輕的范郝辛啊。」

——?!

一股宛如極地寒風的嚴酷殺氣迎面襲來，讓我們幾個全部為之打了一個寒顫，所有的話都接不下去。這股幾乎要讓人窒息的殺氣，就是壞帝的真正實力嗎?!

「朕答應文森的交換條件，只是在朕親自上陣前，要保障你們三個人的生命安全……但是當朕御駕親征之後，你們的生死就各安天命……換句話說，想要在朕的手下保住性命，就拿出吃奶的力氣來吧！」

「……三個人？」

從壞帝身上散發出來前所未見的濃烈殺氣，證明他絕對不是在說笑。

也因此，我們疏忽了他這番話裡的弦外之音。

突然，一直守護在奧斯卡身旁的休斯，毫無徵兆的倒下。

「休斯?!」奧斯卡一臉訝異的大叫，他是離休斯最近的人，可是連他也不知道一直到前一秒前還好好的親信，怎麼會突然倒地不起。

「朕說過了——只有你們三人——」壞帝像一隻巨型蝙蝠般的襲向我們。

——蓬！

同時，看不見的念動力也襲向我們三人。

「可以夠榮幸成為朕的手下亡魂！」壞帝的笑聲直震夜空。

我逼出僅存的力量喝道：「別小看人了——你這個老傢伙！」

「沒錯——現在可不是你當年君要臣死，臣不得不死的遠古年代了！」奧斯卡也跟著揚聲嘶吼。

「老古董就乖乖的回棺材裡休息吧！」拜倫發出獸人獨有的嚎叫，同時打破了念動力的束縛。「我來打先鋒！」

拜倫的右臂在最短時間內膨脹到極限，然後挾帶著能開山劈石的力量狠狠揮下，其威力足以媲美蜜絲堂姐的戰斧一擊。「獸王痛恨擊！」

「雕蟲小技！」壞帝大袍無風飛揚，念動力如山洪爆發般傾洩而出，竟然正面迎擊對撞！抵銷了「狼王」拜倫的最強絕招——獸王痛恨擊！

——轟！

強烈的衝擊波猛然炸裂，整個自由女神像都為之撼動。

「幹得好！拜倫！接下來就交給我們！」我趁著兩人全力出擊的空隙，迅速切入了壞帝的身前。劍光一閃，「血魂」飛刺壞帝眉心！

不僅如此，奧斯卡也以鬼魅般的移動方式，從與我完全相反的方向攻擊壞帝的後腦要害！

我們三個人第一次陣上配合，卻是配合的環環相扣、完美無缺！連我們自己也感到意外！

「好！」壞帝喝采一聲，整個人忽然如陀螺般高速自轉起來，強大的魔力有如浪潮翻湧，龍捲風暴，呼嘯著向我和奧斯卡捲來。

在如此天威般的魔力之前，個人的力量簡直微不足道。

「砰、砰！」

我和奧斯卡就像被大人甩巴掌的小孩子，吐血往後飛退。

「吼——」在此危急關頭，拜倫充分發揮獸人強悍不畏死的鬥志，咆哮著雙爪揮動，攻向風暴中的壞帝。

——不行啊！拜倫，你這樣會……

——轟！

拜倫猶如被丟進絞肉機給凌遲過一樣，全身濺血，皮開肉綻的被丟出來。

但是他的犧牲不是沒有代價！壞帝終於無以為繼，念動力風暴也因此暫歇。

——就是現在！

絕對不能讓拜倫白白犧牲！我和奧斯卡完全不顧自己的傷勢，都同時豁盡全力的去而復返！血魂！血爪！全力往壞帝攻去！

「哼！！」壞帝怒哼一聲，同時全力出手。

三人的距離在電光石火間縮短，接著撞在一起。然後，那彷彿持續至永恆的沉默，籠罩了我們。

其實不過是不到數秒的短暫光陰。

「……很好，你們三個……真的很好……」

壞帝開口了，然而我們三人別說回嘴，連動一根手指的力氣都沒有。

「千年以來……還是首次有人能讓朕負傷……朕已經很久沒有體驗到受傷的感覺了……真的很新鮮，朕要對你們三人的力量和鬥志……致上敬意……」

「加油吧……在不久的將來，一定有再要你們三人聯手對付的敵人……不要忘記今天的這種感覺……這種拚死奮戰至最後一刻的鬥志……還有你們之間的……友情……」

壞帝的身影忽然逐漸淡薄下去，然後漸漸崩解，歸於虛無。

「期待有朝一日……朕能與你們三人能有再見之時……」

壞帝的身子終於煙消雲散，消失得無影無蹤。

「這到底……」我灰頭土臉的跪在地上，一邊喃喃自語，一邊抹去臉上的血汗。「是什麼跟什麼啊……」

不知不覺，從窗戶射入了晨曦的第一道陽光。

這漫長的一夜，終於結束了。

終章 旅程的開始

紐約市地下管理者：文森

第五場夜宴戰鬥結束後的一個小時，天剛破曉，在紐約港的碼頭上——

微風徐徐吹來，配合著潮浪拍打聲，還有天際飛過的候鳥，譜成一副意境深遠的風景畫。紐約市的地下管理者文森，站在碼頭邊一動也不動，似乎成了一座雕像。

「……辛苦你了，老朋友。」不知道過了多久，文森終於開口說話，卻彷彿是向空氣開口。

「你還知道朕的辛苦……」

文森的身旁忽然出現如海市蜃樓般的虛影搖曳，然後壞帝從原本一無所有的虛空中現身了。

壞帝來到文森旁邊，語氣中透露著罕見的深深抱怨：「朕這次可以說是賠了夫人又折兵……跟隨朕多年的三大魔將全數陣亡，連朕的龍體也受到不小的損傷……全都是為了你這次的請託，你要怎麼賠償朕這一次的損失？」

壞帝的威脅可不是說笑，他一旦發怒起來，甚至只要半天時間就能剷平紐約市。

然而面對龍顏大怒的壞帝，文森只是淡淡的道：「如果『命定三星』不能如我預期的成長，一旦『舊日支配者』（The Gleat Old One）的邪神復甦，到時整個地球……不，是整個銀河都要化為虛無。眼前的犧牲，只是培育幼苗所必須支付的代價……」

文森的話簡直就像是宗教騙子在安撫上當的受害者！但是出乎意料之外，壞帝竟然像是接受的嘆了一口氣，道：「舊日支配者……超越人智之邪神……難道我們真的沒有戰勝他們的方法？」

「沒有。」文森乾脆的道：「只有古神和繼承其血裔者有辦法與外神為敵，這是宇宙的法則與常理，不論任何力量都無法介入或顛覆。」

壞帝看向文森道：「你們范郝辛一族可真是辛苦啊……」

文森臉上第一次露出類似苦笑的表情。「這就是我們一族的宿命，只能無奈接受。」

「那個尼祿就是亞歷山大的孩子？」壞帝忽然話題一轉道：「都說虎父無犬子，朕看倒是未必，他要追上『劍皇』的腳步還早得很呢……」

文森望向大海道：「他還年輕，還有很大的成長空間，而且他是亞歷山大在遁入異空間之前特別交代的『命運之子』，既然亞歷山大願意把這麼一個重擔交在他而不是凱薩的身上……那我也願意賭這一把。」

「但用的卻是朕的籌碼……」壞帝不滿的道。

文森失笑道：「別覺得不平衡，我的老友啊。我是古神特別挑選在地上的代理人——看守者（The Watch）！總有一天，我會為這份工作，還有為了保護繼承我使命的人而犧牲性命，而且那一天就在不久的將來……到時候，還希望你這個老朋友能記得到我墳上上一炷香。」

「如果有那麼一天，朕會的……因為你是朕度過千年漫長歲月以來的唯一友人啊……」

文森微笑點頭道：「那真是多謝你了，老友啊……」

「……」

文森的最後一句話並沒有得到任何回答。壞帝已經用念動力移轉，把自己傳送走掉了，沒有半句道別，也沒有半點拖泥帶水。文森也不以為意，他早已習慣這名老友的作風。

文森望著大海，彷彿是說書人吟誦故事的道：「尼祿……『劍皇』亞歷山大之子啊，命中注定要為『古神』與『舊神』的永恆戰役打上休止符的宿命之子啊……成長吧……然後變得比誰都還要堅強，比誰都還要強大吧……只有這樣，你才能夠完成你自己的使命，守護你深愛的人與世界啊……」

「在紐約市開立的范郝辛事務所……只是你踏出旅程的第一步而已……」

《惡魔獵人 NERO 前傳．初戰！范郝辛之子》完

番外 神之刃

「聖人」（Saint）。

神之子。

神的使徒。

半人半神，比人更高等，而僅次於神，有的甚至擁有弒神的能力，自地球上有人類歷史以來，合計總數不超過五十位的，就是所謂的世界遺產——「聖人」。

像是耶穌、釋迦牟尼、穆罕默德、軒轅皇帝、亞歷山大帝、成吉思汗、聖女貞德等，都是歷史上有名的「聖人」。而在總數量不超過五十名的「聖人」中，其戰鬥實力可以排得上數一數二，甚至也有傳說他才是史上最強的「聖人」——

「神之刃」御神諸刃。

梵諦崗最強戰力「聖堂騎士團」的最強騎士——No. 1，御神諸刃。

這是屬於他的故事。

*　*　*

凌厲的疾風，挾帶著寒冷的飄雪吹來，在將近千尺的山頂上，染成了一片蒼白的冰雪世界。

梵諦岡的精銳戰力——龍騎士團（Dragon Knight），這些身經百戰、出生入死的勇士們，如今竟然所有人都不由自主的打著寒顫，卻不是因為寒冷的關係，而是他們的求生本能直接感應到了對於死亡的恐懼。

比死亡更恐怖的——蟲族大軍。

「媽的！怎麼殺都殺不完！這些見鬼的蟲子到底有多少隻啊？！」其中一名手持重機槍的龍騎士一邊瘋狂的向山腳下射擊，一邊不住的怒吼著，聲音伴隨著恐懼與憤怒，是面對壓倒性死亡的最終吶喊。

和他一起的還有十數名龍騎士團的騎士，他們個個都是以一敵百的神的戰士、人類勇士，但是現在卻像面對夢魘惡魔的小孩子一樣，只能發出無助和絕望的哀號。

不能怪他們懦弱，在他們腳下，從山頂之下不停湧上來的是成千上萬——不對，是上百萬、上千萬、數以億計的蝗蟲大軍！正瘋狂吞噬著沿路的一切生命和非生命！

「他媽的啊啊啊啊！統統給我去死啊啊啊啊！」

儘管山頂上的龍騎士們都把子彈火藥像不要命一樣的往蝗蟲射去，無奈他們面對的「敵人」數量實在太多了，放眼過去全是黑壓壓的蟲子大軍，視線都為之遮蔽。面對這無邊無際的蟲海，再勇敢的戰士都會忍不住升起絕望的感覺……

「大家支持住！」一名看起來像是領隊的中年龍騎士喊道：「一定要在這裡守住封印，否則讓天啟四騎士之一的『飢荒』（Famine）被放出來，整個世界將會面對無法想像的災難！」

「隊長！敵人的數量實在太多啦！援軍到底什麼時候會到？」另外一名龍騎士一邊開槍一邊大聲吼叫道。

「我已經向梵諦崗請求支援了，最精銳的『聖堂騎士團』成員已經在路上，應該馬上就會到了！」被稱作隊長的龍騎士這樣吼回去道，但是他自己心知肚明，他們根本就不知道援軍何時會到，而且就算援軍趕來了，能不能應付這樣驚人的蟲族大軍也是一個問題……

不過前提是，他們能不能在援軍來到之前還活下來？

「他媽的！殺光你們！你們統統給我去死——啊啊啊啊！」

一名站在山頂邊緣的龍騎士，忽然被猛地突破火線射擊網的蝗蟲群撲上身，跟著就是一聲撕心裂肺的慘叫，不到十秒鐘的時間，剛剛還是一個龍精虎猛的戰士，現在只剩下一堆黏著血肉的白骨！

剩下的龍騎士看到他們的同伴屍骨無存、跌落山腳下的樣子，說不心驚膽戰那是騙人的。

「現在不是悲傷同伴死亡的時候！三號、四號，立刻加強結界的守護，不能再讓那般見鬼的蟲子有機會上山來。六號！你去補五號的缺！」

隊長畢竟是全隊最冷靜和最能審視大局的人，在此危急情況下仍能下達一連串正確無誤的命令，只是他自己也知道這已經是極限了，結界的法力頂多再支撐不到十五分鐘。接下來的情形，他連想都不敢想……「可惡啊！難道我們今天都要喪命於此嗎?!」

慘叫，哀號，怒吼，還有不斷響起的子彈射擊聲。

在這化為人間煉獄的戰場上，忽然響起了一道象徵希望與正義的聲音。

「——擲出然後貫穿，迎向破滅吧，Gaebolg（蓋伯格）……」

一把造型奇特的荊棘長槍，忽然憑空出現在山頂的天空上，接著就朝蝗蟲大軍俯衝而下，去到一半時槍頭忽然分裂成數十個閃電狀的箭頭，像是散彈槍一樣落在蟲群中，然後引發一連串的強光和爆炸。

「唧唧唧唧唧唧唧——！」

至少有上萬隻的黑色蝗蟲，在剛剛的一槍之威被消滅得無影無蹤！

「援軍！是援軍來了！」

在山頂上守護封印的龍騎士們無不欣喜若狂，原本他們都已做好戰死沙場的準備了。

「不只如此啊！剛剛那是賽爾特神話英雄庫夫林的長槍——蓋伯格，那表示來的人是……」龍騎士隊長發出振奮人心的大喊：「聖堂騎士團的No. 1聖騎士，當今世上最強的『聖人』，『神之刃』——御神諸刃！」

「——降雷吧，Mjolnir（妙爾尼爾）……」

彷彿是要回應底下隊員的歡呼，知道一擊不夠的御神諸刃，繼續使用他的聖人權能召喚出第二柄神話中的武器，堪稱北歐神話中最強的雷神索爾（Thor）之槌！

——轟轟轟轟轟！

一道道足有成年人手臂粗的雷電，幾乎是不分先後的降臨在蟲族大軍裡，一道道的劇烈閃光劈下，接著就是低沉的轟鳴和腳下的震動，然後便是蟲子們的大量死亡。不到十秒鐘的時間，原本密密麻麻的蟲子軍隊，已經出現了稀稀落落的空隙。

「來了！神之刃！！」

就在眾騎士的歡呼聲中，一名穿著戰鬥服的東方青年，從天而降，出現在所有人的視線中。

所有人心中都鬆了一口氣，御神諸刃在梵諦岡騎士的眼中，就等於是勝利的同義詞。

但是這些蟲子也不是好惹的，彷彿知道分散開來不是眼前這個新來者的對手，於是一部分的蝗蟲開始聚集，而且漸漸凝聚成人形，看那凹凸分明的線條，竟然還是個女人。

「神之子啊！既然同為天父座下的使徒，汝為何攔阻吾的使命、吾飢荒騎士的復活？」

蝗蟲凝成的人體發出尖銳而高亢的聲音，對著御神諸刃發出不滿的質疑，那情景真是詭異到了極點。

御神諸刃沒有回答，只是緩緩搖了搖頭。

飢荒再道：**「吾與汝同為行使神之意志的人，吾等四騎士的復活，即是象徵罪孽深重的人類迎向滅世的到來！這是創世者至高無上的意願，明知如此的汝還是執意要阻止吾嗎？」**

御神諸刃還是只有沉默的搖頭。

「始終堅持站在人類那一邊嗎？也好，汝就和汝想要保護的罪人一起墮落到地獄去，然後在永恆的痛楚中懊悔汝輩的罪惡吧！」

飢荒一揚手，在其身旁剩下的蝗蟲立刻化為無數疾飛的黑影，以雷霆萬鈞之勢射向御神諸刃，那威力簡直不是任何血肉之軀可以抵擋，足以穿山破石！

「聖騎士大人小心啊！」

山頂上的龍騎士無不發出驚慌的叫聲，然而御神諸刃當然不會坐以待斃，他一腳用力的踩在地上，沒有開口說話，但卻從喉腔處發出有如神諭般的莊嚴回音。

「——宣示您的榮光吧，法輪（Chakram）——常轉……」

在御神諸刃的背後，忽然出現了太陽——有如把天上的太陽縮小再移到地上，在御神諸刃吟誦「言靈」後召喚出來的光輪，就是有讓人看到後會這麼想的亮度和溫度。

光輪所散發出來的神聖白光，讓飢荒的蝗蟲大軍只要一碰到便融解消失，簡直就像是朝霧碰到太陽一樣，紛紛煙消雲散。

「——這是?!主神毗濕奴的光之法輪！能消滅一切不淨的神聖太陽之光！汝竟然能運用這麼高等的神之武具！」

光之法輪所散發出來，宛如無邊無際照耀大地的神聖太陽之光，在消滅了飢荒的蝗蟲大軍後，更進一步開始攻擊後者的本體！只見原本由群蝗堆積而成的女性胴體，在太陽光炙熱的照射下，開始如冰雕般逐漸融解。

「可惡——區區一介人類竟然有如此神力?要不是吾等四兄弟（Four Hourses）的封印未解，吾也不會……」

「人類！不要以為這樣就贏了！吾等四兄弟一定會破開封印重返世間！到時候你們這些渺小的蟲子都會——啊啊啊啊啊……」

——轟！

飢荒的一番話始終沒能說完，就被日輪之光徹底融解，本體被送回無盡的地獄深淵了。

剛剛還是一片黑雲的雪山，現在卻連一隻蟲子也沒剩下，只剩下依然飄降的皚皚白雪。

「贏——贏了！聖騎士大人贏了！」龍騎士陣營中爆出震天的歡呼。「聖騎士大人萬歲！聖騎士大人萬歲！」

所有劫後餘生的龍騎士們，現在全都拖著疲憊的身子搶下山來，爭先恐後，想要近距離目睹他們的偶像——第一聖騎士，「神之刃」御神諸刃大人！

只可惜，他們的希望到頭來還是落空了。

御神諸刃腳下一蹬，用比龍騎士更迅速數倍的動作，像是腳下裝了動力滑雪板一樣，一下子便消失在眾人的視線中。

「聖騎士大人！等等啊！聖騎士大人！至少讓我們跟你當面道謝一聲——」

把眾人的追趕和呼喊遠遠地拋在腦後，御神諸刃就這麼來無影去無蹤的離開了。簡直就像是神龍一樣，見首不見尾。

「聖騎士大人……離開了……」

生還的龍騎士們多少都感到些許失望和惆悵，但是他們今天從必死的聖戰中生還回來，還親眼目睹了聖堂騎士團的No. 1——世界第一的「聖人」御神諸刃，大戰啟示錄四騎士之一的「飢荒」，並將其封印的過程，這已足夠提供他們一直到老年之後，還可以跟兒孫吹噓的題材了。

也因為無知就是一種幸福，所以他們才不必、也不會知道，那個拯救他們的「聖人」——御神諸刃急著離開的真正原因……

*　*　*

梵諦崗，地上神權的最高領導中心。

在擁有千年歷史的梵諦崗大教堂內部深處，有一個蜷曲而顫抖的身影，正伏在地上大嘔特嘔。

「嘔……嗚嗚嗚嗚……！」

跪伏在柱子陰影處的男人，因為低著頭看不清面貌，但是看他激烈嘔吐的樣子，彷彿是得了某種猛暴性的急性傳染症，似乎連五臟六肺也都要跟著嘔吐出來。

吐無可吐，到後來，男人吐出來的胃液中，甚至還挾帶著血絲。

到底是什麼樣的人？會在梵諦崗的神聖之地像個中毒患者一樣的嘔吐？

「……找到了，你果然在這裡。」

如鋼鐵刀刃般冷徹銳利的聲音，忽然出現在男人的身前。來人有著一頭短薄漂亮的金髮，穿著白色滾金邊的軍衣長袍，可以媲美時尚男模的修長身材，唯一會為那出色外表扣分的，恐怕只有那一身有如走過無數修羅戰場的洗鍊殺氣，還有媲美冰之晶鑽的冷酷眼神吧。

「你又違抗命令擅自外出，還動用權能了，御神諸刃……」

「……」跪在地上的男人沒有回答，仍然低著頭嘔吐，彷彿連靈魂都要一起嘔出來。

「……你也該為我這No. 2的代理人想一想，身為No. 1的你不在梵諦崗，什麼大小事都要向我請示，我可沒興趣代替你處理無聊的文書工作啊……諸刃。」

既然是自稱No. 2，那這個男人不就是尼祿的哥哥——凱薩·范·郝辛！

「白晝騎士」凱薩用毫不感興趣的語氣，對著御神諸刃道：「我對你那過剩的正義感衝動沒有興趣置評，但是要動用你的聖人權能之前，最好還是先衡量一下你自己的生命底線夠不夠消耗……你總不會忘記你的權能——空想神兵，是以燃燒生命力作為代價的吧……」

御神諸刃終於抬起頭來，那一張充滿淚水和嘔吐物的臉，彷彿一口氣老了好幾歲！

凱薩打量著御神諸刃，眼光中沒有憐憫，也沒有憤怒。

「……你雖然不能說話，但總該聽得見吧？在我正式遞交抗議書給你之前，趕快去沐浴清理一下，然後回到自己的崗位如何？」

非常事務性的口吻，一點也聽不出來有半點關懷的意味。

但是，以這個一向惜字如金的男人，竟然會對眼前的同僚嘮叨了這麼久，至少證明凱薩對御神諸刃有某種程度以上的關切心。

只是如果追問他這番行動背後的深意，這個男人絕對會一臉冷淡的否認一切。

御神諸刃顫顫巍巍地站了起來，默默地整理了一下自己的服裝儀容，然後朝凱薩微一頷首，跟著轉身離去。凱薩只是看著他的背影，不發一語。

從頭到尾，這兩人——No. 1和No. 2聖騎士之間的互動，即使用「冷漠」來形容也算是客氣了。

直到御神諸刃走得不見蹤影，凱薩才以足以讓沸水結凍的冰冷語氣道：「你也看夠了吧……還要躲到什麼時候？」

「唉呀呀，被發現了嗎？」

略嫌不夠莊重的嗓音，在凱薩背後響起。

凱薩似乎不用回頭就知道來者是誰。

「哈利……你明明是個科學家，什麼時候開始轉職做起情報員的工作了？」

「我也是人在江湖，身不由己啊……」在凱薩背後的人影開口回應道。

男子年約三十出頭，頂著一頭蓬鬆的亂髮，身穿技術人員的白色長袍，卻彷彿好幾天沒有洗一樣皺皺巴巴的。誰能想到他就是號稱「梵諦崗之腦」、IQ高達220的哈利・唐璜・康斯坦丁（Harry・Don・Juan・Constantine）教授！

「……偷窺是身不由己？」凱薩問道。

哈利抓著自己的一頭亂髮，頭皮屑如雪花片片紛飛。

「我對諸刃的身體狀況有觀察和照顧的義務，畢竟身為世界最強的『聖人』，還是除了你們范郝辛一族外，唯一能夠與『舊日支配者』對抗的戰力……他的生命已經不是他自己一個人的資產……」

「這是你的真心話？」凱薩的視線彷彿兩把利刃，要刨出哈利的心臟。

哈利苦笑道：「我只是領薪水做事的人……上面怎麼交代我便怎麼做了……」

「上面可沒有交代你偷偷支援被家族邊緣化的尼祿……我那不成材的弟弟……」

哈利露出「果然瞞不住你」的表情，誇張的揚手道：「那可是你父親在當年人間蒸發前的親自交代，要我在盡可能的範圍內支援你們兄弟倆……雖然你們的父親是個不負責任又自以為是的傢伙，但他怎麼說也是我那過世妹妹的老公，又對我有過救命之恩。就算被罵成薪水小偷，我也沒辦法對他的交代置之不理。」

被提到自己最在乎的人，凱薩眼中的銳利眼神一度鈍化下去，道：「你有我父親的下落嗎？」

哈利遺憾的搖頭道：「很抱歉，沒有什麼可以讓你開心的好消息，四次元定位儀全力啟動已經三年了，卻還是無法搜尋到亞歷山大的下落……我懷疑他甚至根本不在這個銀河系中，或是……」

「或是」接下來要說的話是什麼，哈利相信即使不說出口，凱薩也一定聽得懂。

凱薩有點不情願的道：「父親一定還活著！雖然沒有任何理由，但我就是感覺得到，這是一種只有來自范郝辛家族之間才能理解的血緣感應，父親一定還活在世界的某一個地方。」

哈利點頭道：「我也相信你的講法，而且我根本不相信這世上有人可以殺死亞歷山大，那傢伙的強悍甚至可以跟核彈硬拚而安然無事。除非他自殺，不然沒人能要他死。」

凱薩像是不想再繼續這個話題的道：「你刻意留下來跟我說這麼多，應該不是為了跟我聊我父親的事蹟吧，到底葫蘆裡賣什麼藥？就直接講吧。」

哈利道：「不愧是凱薩，夠直接，那我也就直說了……事實上是上層最近接獲情報，前No. 1似乎又有不穩的情況出來……一些早已失傳的封印和法具，似乎都被祕密的送到了前No. 1那裡，甚至上層懷疑當年在聖戰之役中消失的魔劍提爾鋒（Tyrfing），也跟『騎士王』脫不了關係。」

凱薩皺眉道：「『騎士王』賈士帝斯……前聖堂騎士團的No. 1聖騎士，但是他不是因為思想過於偏激，還有褻瀆男童的醜聞，被祕密的趕下了No. 1的寶座，甚至對外宣布退隱了嗎？」

哈利道：「沒錯，不過這其中還有一些隱因，是連身為現任No. 2的你也不知道的。賈士帝斯的權能在歷代『聖人』中甚至可以排進前十名……就算把當年的No. 2到No. 10全部投入，也未必會是賈士帝斯一個人的對手……」

「前『騎士王』竟然有這麼強?!」凱薩眸中精光一閃，聽到哈利的這番言論，一向好武成痴的他立刻渾身來勁。

哈利苦笑道：「這是在你加入騎士團之前的事了……御神諸刃之所以會破格成為梵諦崗史上第一個排行No. 1聖騎士的東方人，正是因為他在一對一的祕密戰鬥中，擊敗了『騎士王』賈士帝斯，逼得他不得不遵守誓約退出騎士團，保住了教會的名聲。」

「……竟然還有這種事！你怎麼從未向我提起過？」

哈利聽出凱薩語氣中的不滿，連忙解釋道：「你也知道上面那些老頭的行事原則，保密對他們來說就跟信仰一樣自然，在沒有得到授權前，我連一個字也不能跟人透露，我可不想被抓起來然後洗腦變成白痴。」

「那為什麼現在又可以提了？」

「因為賈士帝斯也知道如果他要復出的話，最大的阻礙一定是諸刃。」哈利頓了一頓道：「根據我所能掌握的情報，賈士帝斯似乎在祕密進行一項計畫，用來增加他的聖人權能，但是他也同時怕梵諦崗會破壞他的計畫，所以他祕密派遣了高手，打算潛入梵諦崗先行刺殺諸刃。」

「如果連賈士帝斯自己都奈何不了諸刃，那派暗殺者來又有什麼用？」

沒有人比凱薩更清楚御神諸刃的實力，會讓志比天高的「白晝騎士」心甘情願讓出榜首之位，除了他那下落不明的父親之外，這世上也只有「神之刃」一個人了。

「明槍易躲，暗箭難防。」哈利道：「我和你都最清楚諸刃權能上的弱點了，不是嗎？」

「賈士帝斯也同樣知道嗎？」

「就算本來不知道，但在有了與諸刃交手過的經驗後，以他的聖人權能——『拉普拉斯的惡魔』，經過了這麼多年的思考之後，也一定會推算得到。」

凱薩冷冷道：「為什麼要這麼麻煩？何不直接讓我去找賈士帝斯，乾脆點一劍斬下他的頭顱，便什麼事都沒有了。」

「的確是很像做事直接了當的你會提出來的對策。」哈利苦笑：「很遺憾，教會當初和賈士帝斯之間有過協議，除非他自己違反誓約離開退隱處所，否則我們不能主動對付他。而且經過了這些年，不知道賈士帝斯的權能又進化到了什麼地步？我是不可能讓你去做這麼沒有把握和沒有計畫的事情。」

凱薩劍眉皺鎖道：「難道我們只能被動的等對方打過來？」

「當然不是如此消極。」哈利像是要安撫凱薩的不滿道：「只要我們能抓住賈士帝斯派來的暗殺者，取得前任『騎士王』進行祕密陰謀的證據，那教會自然就有光明正大的理由可以派兵對付賈士帝斯了。」

「我的專長可不是當人家的保母。」凱薩道：「再說，誰知道賈士帝斯派來的暗殺者什麼時候會到？我總不可能保護御神諸刃一輩子吧。」

「不怕你知道，賈士帝斯派來的兩名暗殺者已經搭今天的飛機抵達羅馬了，這也是我之所以來找你的真正原因。」

「來的人是誰？」

「前聖堂騎士團的No. 5——『紫雨』瑪麗．珍（Mary．Jean），她是賈士帝斯瘋狂的追隨者，賈士帝斯退隱後，她也一併離開了騎士團。還有一個，基本上不能算是『人』，但我相信，他就是當年殺害御神諸刃全族的……惡魔——」

＊　＊　＊

黑暗。

黑暗中有火光隱約跳動。

紅黑交雜、閃耀不定，彷彿壞掉的蒙太奇電影景象，傳來此起彼落的慘叫聲。

那是只有垂死之人才會發出的——臨終的慘叫聲。

火焰的赤紅，和鮮血的濁紅，乍看之下是完全不一樣的兩種顏色，但卻同樣是構成「破滅」這首交響曲的音符之一，隨著愈來愈多人的傷亡，這首只能在地獄吹奏的樂曲，已經接近完成了。

「諸刃——快點！這邊過來！」

一名壯漢抓著一名少年的手，急急忙忙的奔馳在夜間的山道上。

在他們逃命之旅的背後，是已經化為一片火海，千百年來一直以東之狩魔人自豪的御神一家，如今全村合計三百七十一名的御神族人，已經全數喪身於煉獄之炎中，此時此刻只剩下這一對父子——

御神一族當代的家主，御神津明。

還有他的五歲兒子，御神諸刃。

「諸刃——！快點跟上！那惡魔追過來了！」

御神津明左臉上一道深約半寸的傷口，湧出的鮮血幾乎染紅了他的半面臉孔，原本堅毅英俊的五官在火光和血光照射之下，顯得幾絲詭異且恐怖，但是他此刻卻連抹掉臉上血汙的餘暇也沒有。

殺害他們全村的大惡魔，現在還緊緊地跟在他們身後。

那個惡魔實在太強了！御神一族是與西之范郝辛一家，並列為東西兩大狩魔家族。所消滅的惡魔簡直多不勝數，但是那個惡魔僅憑一己之力，就剷除了整個御神家！血洗了整個御神一族！

如今只剩下他們父子倆是唯一的倖存者。

御神津明知道那個惡魔所為何來——他的獨子御神諸刃，是歷史上只有不到五十名之一的「聖人」轉世，「聖人」是人類與惡魔和邪神對抗的最大武器，是神所留給世人的「世界遺產」，「聖人」的權能甚至足以分天裂地，是惡魔最恐懼的神聖戰力。

所以惡魔才要趁他的愛子還未成長之時，先一步把這個未來的禍根拔除！

「～～找到了～～還往哪～～逃～～」

彷彿從幽冥深淵傳出來的、會讓人打從心底毛骨悚然的聲音，猶如一根無形之釘，釘住了兩人的腳步。

「可惡啊——還是被追到了嗎！」御神津明咬牙切齒，但同時也不放棄最後一絲希望。「至少……要讓諸刃逃出生天……」

御神津明忽然停住腳步，蹲下身子，緊緊抓著愛子的肩膀道：「聽好了，諸刃，等一下我說『跑』，你就立刻使盡全力往前方一直跑，絕對不能回頭！知道嗎？」

御神諸刃——這時只是五歲的他，頂著一張稚嫩的面孔，儘管眼神中充滿了惶恐與不安，就像是隨時都要哭出來一樣，但仍是用堅定的態度點了點頭。

「很好，不愧是我的兒子——」御神津明露出安慰的笑容。

儘管出生就不能開口說話，但御神津明仍相信在獨子那份沉默的外表下，有著一顆堅強和正義的心。只可惜他沒有辦法親眼看到兒子的成長了。

沒有太多時間感傷和道別了。御神津明深深的望了兒子最後一眼，彷彿要把對方的形象深深烙印到靈魂裡去。

「諸刃，你將來一定要變強，比我更強，比任何人都強——才能為我們御神一族報仇。」
御神津明說完這句話，便用力一推。
「跑——！」
御神津明大吼一聲，自己反而回頭迎向追趕而來的黑暗。
御神諸刃聽從他父親的吩咐，頭也不回的往前跑，用盡他那年幼身體的所有力氣，就算嘴唇咬出血來，就算腳磨破皮，他也沒有回頭、沒有掉淚——
他最後聽到他父親的聲音，是帶著臨死哀號的慘叫。
「彼列（Beliel）——！！」

* * *

——?!
御神諸刃在無聲的嘶吼中驚醒過來。
……

（——是夢？）

（——可是為什麼？都已經很久沒做這樣的夢了……）

深吸了幾口氣，讓情緒稍微緩和沉澱過後，御神諸刃才發現自己的背後和床單，竟然全都被冷汗浸濕了！

（——就算是睡夢之中，我竟然會如此失態？這到底是怎麼回事？難道是因為最近使用權能太頻繁的原因……）

御神諸刃打從自己的聖人權能——「空想神兵」覺醒的那一天起，就知道這舉世無雙的權能，是需要以自己的壽命作為燃料的交換代價。

等價交換——他擁有人類史上，甚至是「聖人」史上最強的權能，代價就是自己的壽命，他從來就不覺得這有什麼不妥。

如果能用自己的壽命，換來這世上再也不會有人跟他、還有御神一族同樣的悲慘命運，那他甘之如飴，甚至心甘情願的獻上自己的性命。

這個「空想神兵」的權能，一定是當年神聽到了他年幼時的呼喚，回應了他的願望。

——我要變得很強！比誰都強！甚至比神更強！才能消滅世上所有的惡魔！

這就是御神諸刃擁有史上最強聖人權能的原因。

「叩叩！」

門外傳來敲門的聲音。御神諸刃沒有下床去開門，也知道對方是誰，基本上整個梵諦崗只有兩個人會敲他房間的門，一個是哈利，另外一個就是凱薩。

哈利是不到中午不會起床的夜貓族，所以這個時間來找他的只會是凱薩。

凱薩馬上就會自己推門進來，因為他的房門從不上鎖，敲門只是一個形式而已。

「我進來了，諸刃。」

推門進來的果然是凱薩，態度高傲自然的彷彿那是他自己的房間一樣，而不是御神諸刃的。然而凱薩一向就是這樣的態度，御神諸刃早就習以為常。

凱薩一進門就對著還沒梳洗的御神諸刃道：「把衣服換上，我們要出門了。」

御神諸刃揚了揚眉，意思在問凱薩要去哪裡？

凱薩露出一絲像是惡作劇般的微笑道：「我們要去找來殺你的人。」

「啊～～為什麼天氣這麼好，風景這麼美，我卻要跟旁邊這個臭臉女來羅馬出任務啊，真是太Buuuuuu～～uuuu11111～～Shit了～～」

＊　　＊　　＊

在羅馬街頭仰天長嘆，引來眾人一陣側目的中年人，有著一張東方人的面孔，行為舉止卻與其剛毅深刻的五官很不搭配，穿著也像是西方電影裡會出現的那種日本黑道，掛得歪歪的墨鏡加上敞開的襯衫配上花西裝，真的像是來出外景的電影明星，只不過是演反派的那一種。

在他的身邊不遠，有著一名身材嬌小的女性，染著一頭顯眼的紫色頭髮，戴著紫色墨鏡，穿著紫色洋裝和紫色高跟鞋，連領巾和皮包也是紫色的，整個人就像是「Anna Sui」的特約模特兒一樣。

紫髮女性輕啟擦著紫色口紅的唇，用幾乎不會被外人聽到的聲音道：「……混蛋，囉唆什麼？小心我宰了你喔！你這個該死的臭惡魔！我好想把你的腸子抽出來，打結後拿來當跳繩跳……或是把你的內臟拿來打汁，倒到下水道去給老鼠喝……啊啊！好想現在就殺了你，殺了你殺了你殺了你殺殺殺殺殺殺殺……可是賈士帝斯大人偏偏又交代我要跟你一起行動，不能違背賈士帝斯大人的命令……瑪麗好矛盾啊！」

中年東方男對著紫髮女性咧嘴笑道：「瑪麗．珍……妳在碎碎唸什麼？有什麼我應該知道的嗎？我們可是一起行動的同伴啊，同伴就該互相照應不是嗎？」

瑪麗露出厭惡的表情道：「閉嘴！惡魔！不要跟我說話……神的敵人就是我的敵人……敵人就該被穿刺吊死車輾砸石分屍！我應該立刻殺了你這披了人皮的惡魔才對……可是賈士帝斯大人禁止我這麼做……啊啊！賈士帝斯大人，這難道是你給我的試煉嗎？」

中年男子微笑道：「開口閉口就是賈士帝斯，妳真的很愛慕他是嗎？瑪麗．珍。」

瑪麗從紫色墨鏡後透出有如剃刀一般鋒利的殺氣。

「不要用你那汙穢的臭口提到賈士帝斯大人的名字……他那神聖的名字不是你這個惡魔可以叫的……怠惰（Sloth）！」

中年男子微笑道：「叫我巴力（Bael），再怎麼說我也是堂堂的七元罪代表……地獄的七公爵之一，只不過是妳的主子拿著古老的召喚契約一時牽制了我，不代表妳就可以對我無禮！凡是想要利用惡魔的人，到最後靈魂都會沉淪在地獄裡永受業火折磨……」

瑪麗煩躁的咬著拇指指甲道：「閉嘴閉嘴閉嘴……能不能請你乖乖閉嘴去死一死啊！惡魔的唯一歸宿就是地獄……不對，是永不超生的煉獄才對！所以你就自己識相點去死吧！要殺御神諸刃，只要用我的權能——『紫雨』（Purple Rain）就可以了……」

中年男巴力失笑道：「妳只不過是前任的No. 5，御神諸刃卻是現任的No. 1，還是逼得妳主子退隱的最強『聖人』，妳憑什麼認為自己可以殺得了他？」

瑪麗的眼神銳利的就像是一把剪刀，隨時要把巴力給切斷、切開。

「我『紫雨』的能力是無敵的，這也是賈士帝斯大人選上我執行這項任務的最大原因。你這個爛到睪丸裡去的惡魔什麼都不懂，就不要廢話！要不然我也可以現在就把你打回地獄去喔……我早就想這麼做，我一定會這麼做的！」

「不……省點力氣吧，沒有內鬨的時間了……」巴力語氣忽然一變道：「妳沒注意到嗎？瑪麗．珍，街上忽然變得一個人都沒有了，看來我們從獵人變成獵物了……對方早就知道我們來了……」

雖然如此，他的態度仍是那麼輕佻，一點也不以為意。

他的搭檔——前任No. 5聖騎士，「紫雨」瑪麗．珍也是一樣。

「啊——那不是很好嗎？把所有的敵人統統幹掉，當然也包括御神諸刃……這樣當初逼得賈士帝斯大人退隱的那些罪人們，就會統統得到應得的制裁了……啊啊！我終於懂了，這才是賈士帝斯大人派我來出這一趟任務的真正目的……讓我的『紫雨』把阻擋賈士帝斯大人復出的敵人統統一次掃蕩！」

巴力望著自言自語的瑪麗苦笑道：「我該誇獎妳是樂觀呢，還是自信過剩？賈士帝斯真是派給我一個相當棘手的伙伴啊……」

「……嗯？」巴力忽然感覺到一股充滿殺氣的視線瞪著自己。

那不是一般的殺氣，而是千錘百鍊，彷彿走過無數修羅戰場的人才能擁有的殺氣，而且這股殺氣還夾雜著最深的憎恨與憤怒，殺氣的來源者就彷彿與巴力有著不共戴天、抄家滅族之仇一樣！

事實上也真的如此。

「喔喔……這可真是久別重逢啊……」巴力隨著殺氣的來源望去，然後露出險惡的笑容。

在他的視線彼端，是以一副無比淒厲的表情，死盯著他看的最強「聖人」——御神諸刃！

還有因御神諸刃的異常反應，而緊緊鎖眉的現任No. 2——凱薩。

「搞什麼？諸刃忽然變得那麼激動，是因為眼前的這個男子……」凱薩小聲自語道。

——轟！

遠處似乎傳來了雷鳴，天色迅速暗下。

「……要下雨了？剛才明明還是好天氣……」凱薩抬頭看向天空。

「喔……喔喔喔喔喔喔喔喔喔——！」御神諸刃忽然尖叫起來。

明明就是個啞巴，明明就不會說話，但是御神諸刃卻對著巴力怒吼！彷彿要把一輩子的憤怒與憎恨都發洩出來一樣，就算連喉嚨叫破也在所不惜。

「喔啊啊啊啊啊啊啊啊啊啊——！！」

那是向天地控訴的——吶喊。

巴力望著御神諸刃，露出殘虐的冷笑道：「怎麼了？見到自己死去的父親，竟然讓你那麼高興嗎？連天生的啞巴都可以開口了……」

「——什麼?!」凱薩愕然望著巴力的臉孔。

那一張臉，仔細一看，竟然依稀有五成和御神諸刃相似。

「——難、難道，他是……?!」

「——焚盡一切吧，烈焰，Laevateinn（烈焚天）……」

隨著神之言靈的啟動，御神諸刃忽然衝向巴力，速度快到凱薩甚至來不及阻止。

他的手上出現一把被火焰纏繞，充滿凶戾殺滅之氣的魔劍——烈焚天。那是在北歐神話中，在「諸神的黃昏」的最終戰役中，燒毀掉世界樹和世界的凶劍！

一出手就動用這柄末日凶劍，可見御神諸刃有多憎恨眼前的敵人！

「對於好久不見的父親，這就是你的見面禮嗎？諸刃？」

「真的是御神津明?!諸刃的父親！他不是早就死了嗎?!」凱薩愕然道。

「嗚喔啊啊啊啊啊——啊啊啊啊啊啊——啊嗚喔喔喔喔喔喔——！！」

御神諸刃發出嘶啞高亢的叫聲，還有毫不掩飾的赤裸裸殺意，彷彿瘋狂一般展開突擊。

面對能毀滅世界的魔劍攻擊，巴力竟然一點也沒有閃避或是招架的意思，反而是展開雙手，面露微笑，似乎是打算正面接下。

「這一劍連我都接不下來！這個男人怎麼敢……是瘋了嗎?!」

就連凱薩都有些吃驚巴力展現的動作。

（——死！！）

隨著御神諸刃一劍揮下，巨大的光與熱，瞬間吞噬了巴力，連構成本體的原子都被焚燒殆盡——原本應該是這樣的。

但是沒有——什麼都沒有發生——

凱薩望見御神諸刃的表情，只見後者也是一臉不解與茫然。魔劍——烈焚天劍身上的火焰正逐漸暗淡、消失，「空想神兵」的權能也跟著瓦解，這是自御神諸刃的聖人權能覺醒以來，從未發生過的事情！

「那個男人的身上並沒有半點魔力的象徵，是他的同伴——那個女人搞的鬼？」

戰鬥經驗無比豐富的凱薩，立刻就發現了事情的蹊蹺。

「前任聖堂騎士團的No.5『紫雨』瑪麗·珍，她的能力是……？」

「雨是這世上最美的東西呢……」瑪麗咕噥著道，「你們不覺得嗎？只要是沐浴在雨水下，就彷彿全身的罪惡都得到洗滌了一樣，雨真是萬能的主賜給人類最棒，最Perfect的東西了……」

一邊像是嗑了麻藥的病人，搖搖晃晃的走著，一邊散發出異樣的氣勢。

不知不覺間，雨水已經將凱薩和御神諸刃兩個人的身體都淋濕了。

「……這雨，是紫色的?!」凱薩望著稀薄的霧雨，終於像是發現了不對勁。他注意到，打從一開始，巴力的身上就沒有沾到半點雨水。反觀自己的氣力正一點一點的流失、削減……

「特異功能不是只有『聖人』的權利呢……我的能力……『紫雨』，只要是被我『紫雨』淋到的人，生命力就會一點點地緩緩流逝……就像是洗滌罪惡的聖水一樣，一旦沐浴在紫雨之下，不論是任何人都會溫柔且毫無痛苦的走向死亡，這真是太Excellent了！不這樣覺得嗎？」瑪麗用令人不寒而慄的口氣，這樣溫柔的說道。

「妳……?!」凱薩咬牙切齒道：「街上還有其他人在啊！妳用『紫雨』這種無差別的大範圍攻擊，不就會連累其他無辜的人嗎？妳好歹也是個『前』聖騎士啊！」

瑪麗的表情絲毫沒有半點動搖，她用毫不在乎的口吻道：「把這些人想成是為了賈士帝斯大人復出而必須獻祭的羔羊，他們的犧牲是為了將來在天國來臨時可以取得一席之地，這就是所謂的必要之惡——」

「我最討厭的……」凱薩冷冷地喃喃道：「除了我那不肖弟弟尼祿之外，就是像妳這種人……」話一說完，從凱薩的身上，忽然爆射出強烈的五芒星光芒。

「……嗯？」瑪麗猝不及防下，被強光照得眼睛睜不開來，淚水狂飆。

「這是？」巴力瞇眼道：「異神之光，沒想到能在這裡遇上繼承古神血裔之人，范郝辛啊……」強光一閃即逝，等到光芒消失的時候，凱薩和御神諸刃也跟著銷聲匿跡。

「可……可惡！逃去哪裡了？巴力！X的，你這廢物！為什麼不幫忙攔下他們?!」瑪麗用不知是憤怒還是害怕的語氣，一邊顫抖著一邊叫喊。

巴力半闔著眼，用悠然而懶散的態度向瑪麗道：「急什麼？他們逃不遠的……」

瑪麗一邊揉著眼睛，一邊用瀕臨爆發的口吻道：「他們中了我的『紫雨』，當然不可能走得遠！但是負責給他們補上最後一刀的，正是你這一次的任務！你要失職嗎？你這個怠惰的傢伙！」

巴力失笑道：「我本來就是七原罪之一的『怠惰』啊！說到怠忽職守，沒有人比我更擅長此道了。」

瑪麗抓著頭髮道：「啊啊啊！我不管了啦！就算賈士帝斯大人會因此責怪我，我也要先殺了你這個成事不足的惡魔！我真的要殺了你喔！你這個 F**k Thing——！」

瑪麗很明顯處在一種精神狀態不穩定的情緒下，但是她又擁有像「紫雨」那樣恐怖的權能，就算形容她是會走路的核武也不為過。

巴力露出嘲諷的笑臉道：「妳不用緊張啊……瑪麗，一切情況都在掌握之中，那兩個小子……是死定了，就算是上帝親至也保他們不住，哈利路亞！」

＊　＊　＊

義大利，羅馬競技場。

這棟半圓形的開放式建築物，是文明的古蹟之一，見證了無數戰士的血汗和功績。

凱薩帶著形同半個廢人的御神諸刃，暫時避難來到了此處避難。

對於心高氣傲的凱薩而言，這個詞簡直是心裡不可承受之輕，甚至根本是恥辱了！然而為了御神諸刃，他是別無選擇。

「這麼衝動……一點也不像是平常的你……到底是怎麼了？」凱薩一臉不悅的對御神諸刃道，然而還不等後者有任何反應，他已經冷淡的搖頭。「算了，還是別跟我講好了，我也不想知道，反正也是無聊至極的理由。」

御神諸刃撐起自己顫顫巍巍的身體，眼神中閃過一絲感激。

只有像他這種同樣孤高的人才會懂得，那是屬於凱薩式的溫柔與體諒。

凱薩望著御神諸刃，皺起眉頭道：「你拖著那半死的身體，想要到哪裡去？雖然我覺得你不會那麼笨，但你該不會想要用那副身體去戰鬥吧？那根本是去送死。」

御神諸刃沒有對凱薩的話做出半點反應，然而他堅定的腳步，卻已經說明了一切。

（——害死御神一族的仇人！）

（——殺害父親，還披上他皮囊欺騙世人的可恨惡魔！）

無論如何，御神諸刃也不能放過經過這麼多年終於出現在自己眼前，滅族殺父的大仇人——七原罪之一，地獄七公爵的「怠惰」貝芬格（Belphegor），也是亞述人之神——巴力！

然而不管他是墮落的權天使也好，是地獄的七公爵也好，是亞述人之神也好，御神諸刃眼中只認得這個有著與父親一樣臉孔的惡魔，就是滅族弒父的大仇人！就算要同歸於盡，他也不能再眼睜睜看對方消失！

凱薩默默的望著御神諸刃一步步艱難的往圓形競技場外走去，眼中的淡漠一點一滴消失，取而代之的是一臉無奈的表情。

「為什麼？我明明最討厭的就是熱血不知變通的笨蛋，偏偏走到哪裡都會遇上！」

在凱薩的眼中，御神諸刃的背影，彷彿和某個同出一脈的范郝辛合為一體。

「哼，算了，既然接到保護你的任務，半途而廢可不是我的作風。」

御神諸刃忽然覺得身體一輕，原來是凱薩從後趕上，托住他的臂膀，支撐了他搖搖欲墜的體勢。

「……？」

凱薩一臉不悅的揚起下巴，回答御神諸刃疑問的眼光：「要是讓你白白死在這裡，教廷裡那些老頭子一定會暴跳如雷的。」

御神諸刃聞言露出一絲苦笑，在他此刻的心中，或許浮現出「傲嬌」兩個字吧？

「……哼，追來了嗎？」

凱薩忽然以危險而尖銳的視線，望著圓形競技場的入口。

在他的視線彼端，有著一男一女的身影。

——「紫雨」瑪麗。

——「怠惰」巴力。

這一對堪稱極度危險的人魔搭檔，正以不遜於刀刃的銳利視線，和凱薩遠遠相望。

（——是你！）

正所謂仇人見面，分外眼紅。御神諸刃正要不顧一切衝出去，卻被凱薩以更強的力量壓制下來。

「……冷靜點，衝動只會讓你的死輕於鴻毛，沒看到那些傢伙的四周嗎？籠罩著一層薄薄的紫色雨霧，看來那個女人的權能——『紫雨』的射程距離大概只有十五到二十公尺，超過這個範圍就起不了作用了！把握住這一點，就是我們唯一反敗為勝的機會！」

凱薩用冷漠的聲音對著御神諸刃輕聲低語，他的語調卻透露出此刻的絕對冷靜。不愧是有「冰之騎士」、「萬年凍土」稱號的聖堂騎士團No.2，在如此不利的絕境下，仍能如此冷靜分析戰況，不放棄任何致勝的微小機會。

「你還可以用出『空想神兵』的權能嗎？」

聽到凱薩這樣問，御神諸刃微弱但是堅定的點了點頭。

「好，」凱薩低聲道：「等一下，你就這樣這樣……」

「喔喔，看來他們已經商量好怎麼對付我們了。」巴力帶著似笑非笑的表情和聲音道。

瑪麗一臉不爽的睨了身旁的男人一眼，冷哼道：「竟然還讓他們有準備的餘暇，沒看過你這麼佛心來的惡魔……」

巴力用吊兒郎當的態度微笑道：「妳沒看過貓抓老鼠嗎？要是太快把獵物玩死，就沒有樂趣可言了。就是要讓他們在希望中迎來絕望，這樣吞噬起來的靈魂才會特別美味……」

說歸說，巴力卻心想著：哼！要是不備足籌碼打破誓約，本魔王豈不是一輩子要受那賈士帝斯的命令？我可是堂堂的地獄七公爵之一啊！豈能受制於你們區區人類？等我吞噬了這兩個人的靈魂——最強

「聖人」和古神血裔的范郝辛，到時我的力量就連魔王撒旦也比不上，本魔王就是新的世界之王！
正當巴力心中懷著滿腹壞水的打算之時，只見遠處的凱薩忽然反手拔出背後的劍槍——天之叢雲，接著扣動劍柄上的扳機，連開三槍，子彈全往瑪麗的方向射去。
「果然，想要擒賊先擒王嗎？呸呸！我這豈不是自貶身價？應該說是射人先射馬才對……」
瑪麗尖叫道：「該死的臭惡魔！你還站在那裡看什麼戲？人家都對我開槍了！還不快點出手！」
也難怪瑪麗會如此緊張，她的權能——「紫雨」只對有生命的物體能起作用，對沒有生命的子彈可說是一籌莫展。
說到底，除了「紫雨」的權能之外，瑪麗的戰鬥能力也就與一般常人無異。
所以賈士帝斯才會派巴力和她搭檔。
巴力冷笑一聲：「別急，還不到妳可以死的時候……」
巴力邊說，邊不慌不忙的揚起右手，霎時間，以他為中心的四周空間，似乎都陷入一種渾沌黏稠的狀態，就好像是空氣變成了流動的水泥一樣，就連時間的流逝也似乎緩慢了下來。
「……渾沌結界（K. S Enchantment）。」
子彈撞上巴力布下的結界，像是遇到什麼無形的阻礙一樣，速度愈來愈減緩、遲鈍，然後無力的墜落地上。

「能使物理攻擊無效化的結界嗎？不愧是前No. 1的聖騎士，行軍布陣也很有一套啊……」凱薩喃喃低語道，他已經連續切換了神聖性的子彈攻擊，還有范郝辛一族的靈氣砲，甚至連古神之力都用出來了，卻全都無法突破巴力的「渾沌結界」。

「……遠距離攻擊全部無效，近身搏鬥得先挨過瑪麗．珍殺無赦的『紫雨』結界，簡直是無敵的攻防一體啊……賈士帝斯，你到底是上哪找來這種人才的？」凱薩臉上忍不住露出一絲苦笑，卻也不吝惜對敵手的讚美。

「幸好我們這邊也有強到可以無視規則的作弊級強人，諸刃，該你上陣了……」

「——貫穿吧，Gungnir（滾滾尼爾）……」

御神諸刃吟唱起言靈。他臉上流露出的是不惜犧牲自己性命也要一拚的決絕。

一柄刻著符文咒印的長槍，出現在御神諸刃前方的虛空中，然後帶著難以形容的速度和氣勢，往瑪麗和巴力破空射去。

「垂死掙扎也是沒有用的，要試幾次才會死心啊？笨蛋！」瑪麗嘲笑道。

「——不對！」巴力忽然露出色變的表情，急忙施展魔力，身形瞬間移動。

「啊啊啊啊啊———！」瑪麗發出會讓人耳膜震破的慘叫。她的兩臂自肘部以下，全被御神諸刃召喚的神槍削斷，傷口處鮮血淋漓，瑪麗看著自己的雙手，臉上露出震驚駭然的表情，然後仰天慘叫。

「果然！那是北歐主神奧丁的長槍——滾滾尼爾！無視一切防禦的因果論武器，只要是投擲出去就一定會命中！為什麼一個人類能夠使用主神級的戰器？」巴力雖然及時逃脫了長槍滾滾尼爾的神威，卻嚇出了一身冷汗。

成功破解巴力的「渾沌結界」和重創瑪麗的御神諸刃，卻忽然腳下一個踉蹌，幾乎就要撲倒在地上——要不是凱薩及時拉了他一把的話。

御神諸刃的聖人權能——「空想神兵」，需要用自己的生命力當成代價來召喚神兵的使用，在他被「紫雨」大幅削減生命力的現在，又使出像是「滾滾尼爾」這種主神級的戰器，沒有當場暴斃已經算是他的意志力了得。

（——接下來就交給你了，凱薩……）

凱薩望著巴力和瑪麗所在的方向，露出猛獸要狩獵獵物之前的凶猛表情，對著虛弱的御神諸刃道：「幹得好啊，諸刃，接下來就交給我了，你好好躺著看戲吧……」

簡直就像是兩人可以心靈對話一樣。

凱薩一揮「天之叢雲」，像風一般迅速衝出，一下便來到瑪麗的身前。

「賈士帝斯大人啊啊啊啊啊啊──！」

高度集中的「紫雨」──暴雨，朝凱薩當頭淋下！然而卻沒有一滴，能夠來得及沾到凱薩的一根頭髮。

「……！」

瑪麗．珍張大了嘴，卻發不出半點聲音，因為她的項上人頭，已經離開了她的身體──凱薩的神速一劍，已經在瑪麗能感受到中劍之時，就終結了她的性命！

在權能者失去性命的現在，可以奪走人性命的死神之雨──「紫雨」，就只是普通的雨水而已。

就好像暴風雨掠奪過的殘葉一樣，前聖堂騎士團的No. 5聖騎士──「紫雨」瑪麗．珍的生命也在一瞬間就消滅殆盡，人死燈熄。

「……我不喜歡殺女人，但是妳的權能實在太危險了，我不得不趕盡殺絕，願妳安息吧。」

凱薩低著頭，隱藏住自己的表情，對著被他一劍斬首的女人這樣說著。

彷彿是在墓碑前唸誦悼詞的神父。

雨，不知何時已經停了。

「——瑪麗，死了嗎？沒用的東西！」

雖然與自己同一陣線的同伴陣亡慘死，但在巴力的臉上，卻找不到一絲動搖的神色，更別說是哀悽了。

惡魔對於人類的生死，本來就不會有半點感覺。

「——那個臭屁的瘋女人死不足惜，但是這樣一來就變成二對一了，不……御神諸刃的生命力已經衰退到跟死人無異，可以完全不計入戰力。只剩下那個范赫辛的後裔，我仍有很大勝算……」

「——?!」

忽然間，巴力感覺到危機向自己逼近。他一轉頭，便與御神諸刃四目相交——

他看到的是，充滿正義與憤怒，不惜殺神誅魔的決心。

「——依此誓約，帶給我勝利吧，Excalibur（石中劍）……」

隨著言靈的召喚，御神諸刃手中出現一柄黃金之劍。

亞瑟王的愛劍、勝利與誓約之劍——石中劍！

御神諸刃揮下石中劍，猶如電光一般的劍芒斬向巴力。

「別得意忘形了！不過是區區的人類！」

巴力發出上古凶獸一般的咆哮。他的右手變形成一柄巨大的黑色鐮刀，然後迎向御神諸刃的石中劍斬去。

——鏘！

無比清脆的撞擊聲響，傳遍了整座圓形競技場。

「……」

凱薩瞇著眼睛，以銳利堪比鷹隼的視線瞪著場中，然而就算是他，也無法馬上知道兩人最後一擊的輸贏。

巴力。

御神諸刃。

「……沒想到，區區人類，竟然能夠發揮到『滅神』的力量級別。」

巴力用低沉而沙啞的聲音開口，他的身體，開始出現像是沙堆被風化一樣的崩壞。

——勝負已經分曉了，最強「聖人」，打敗了七原罪之一的大惡魔——「怠惰」巴力！

「……我要回到魔界去了，這樣一來，你父親的這副軀體就能得到解放，你們御神一族的仇恨也可以得到雪洗了。」

御神諸刃沒有對巴力的話做出任何回應，只是直直地望著後者。

「……無話可對我這個大仇人說嗎？哼哼，這樣也好，擁有這樣不該屬於人類之身所能擁有的強大權能，我可以想像你必須付出什麼樣巨大的代價……很快，我們便會在地獄再見了……御神諸刃啊……」

——轟！

說完了最後一句話，巴力的身體，這副曾經名為御神津明的男子，徹底化為一團黑霧接著爆炸，煙消雲散，灰飛湮滅。

然後，御神諸刃的身體就在下一秒倒在地上。

「——諸刃?!」

*　*　*

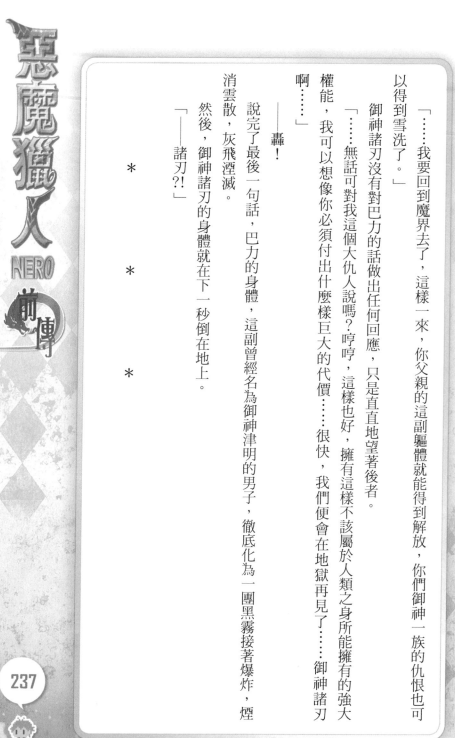

在一片黑暗中，御神諸刃看到了自己的父親。

御神津明，還有母親御神津美，弟弟御神十刃，妹妹御神紫露。

應該已成為亡者的御神一家人，如今全都聚集在一起，用欣慰而鼓勵的眼神看著自己。

（──父親，母親，弟弟，妹妹，你們全都在！所以我已經死了嗎？這裡是黃泉的國度嗎？）

很快便明瞭到自己處境的御神諸刃，心境上是出奇的平靜，甚至帶著一絲淡淡的狂喜。事實上，打從自己的權能覺醒和明白使用所需付出的代價之後，御神諸刃一直都在期待這一天的到來──在戰鬥中迎接自己生命火燭燃盡的一刻。

更何況，自己最後能夠親手斬殺了惡魔七君主之一的巴力，為父親和全族報了血海深仇，更可以笑著無憾迎接死亡。

（──你們知道嗎？我已經親手為我們一族報仇雪恨了！我可以無憾的回到你們身邊了，我們一家人也可以團聚在一起，永不分離了！）

面對激動欣喜的御神諸刃，不遠處的一家人只是露出淡淡哀傷和諒解的表情，一言不發的回應他。

（──你們怎麼了？見到我出現，不開心嗎？是我啊！我是諸刃啊！）

御神諸刃想要跑過去跟自己的家人緊緊相擁，卻赫然發現自己的腳好像生根在地上一樣，不論他如何用力，也無法移動半步。

（——可惡！這是怎麼回事？為什麼動不了？明明就在眼前了啊！）

就在御神諸刃急得滿頭大汗的時候，耳邊傳來久違了的父親的聲音。

「諸刃，我的孩子啊，現在還不到你過來這邊和我們相聚的時候……」

（——為什麼？為什麼這樣講？我不是已經死了嗎！難道是因為我造了太多殺孽，所以只能去地獄，而要和在天堂的你們分開嗎?!）

「呵呵，傻孩子，不是那麼一回事的，而是你根本壽元未盡，生死有別，又怎麼能和我們在一起呢？」

（——怎麼可能……？）

「諸刃，我驕傲的孩子啊，你已經成長到一個連為父當年的預期都遠遠不及的地步了。你是御神一族的驕傲。也正因為如此，這個世界還需要你，人們需要你，所以你還不能到我們這邊來。這個世界上，還有只有你才能做到的使命，必須要你親自完成……」

（——不要！我已經厭倦這種無止境的戰鬥了，我累了，哪怕是世界會毀滅也好，我只想休息，只想回到你們身邊！）

御神諸刃終於說出自己心底最大的願望，身為「神之刃」、身為「最強聖人」，一直以來他始終是以正義的劊子手身分歷經無數修羅戰場，但對於天性平和的他而言，這根本就不是他想要的生活方式，他一直以來想要的，只是平平淡淡，像是普通人一樣的和平生活。

可惜他不能。

「諸刃，孩子啊，我們明白你肩上所承擔的壓力，然而這就是我們一族的使命，也是你一出生就背負的宿命，你只能接受它，直到命運要你放下重任的那一刻……」

（……）

御神諸刃無言了。

到頭來，就連自己的父親、自己的家人，也沒辦法理解自己心中真正的願望嗎？

到頭來，自己終究還是只能以「神之刃」的身分，繼續活在這個痛苦的世界嗎？

迷惘與苦澀，種種複雜的感情在御神諸刃心靈中流動，甚至讓他都沒注意到，不知道什麼時候，父親和家人已經從他的眼前消失了。

他的視線，重新回到一片無瑕的白色。

＊　＊　＊

（——這裡是……？）

清醒的御神諸刃，想要抬起上半身，卻被全身一陣如針刺遍的疼痛，引得痛哼出聲。

「你醒啦。」

聽到再熟悉不過的聲音，御神諸刃轉頭望去，看到凱薩雙手抱胸，靠在牆上，面無表情的瞪視著自己。

（——我，沒有死嗎……）

彷彿是聽到御神諸刃的心底疑問，凱薩以冷酷又平淡的聲調道：「你要感謝哈利，你全身的毛細孔都破裂出血，內臟也破爛不堪到慘不忍睹的地步，是哈利硬是以最高等級的醫療機器，配合紐約市那邊過來的緊急甦生裝置，經過七天七夜的搶救，才勉強保住你一條小命……確定你保住殘命後，哈利立刻就昏睡過去，如今已經超過二十四個小時了，騎士團都在賭你跟他這一次誰才會真正掛掉……」

凱薩以不知是說笑還是真心的語氣，緩緩的道出御神諸刃已經重傷昏迷了快十天的事實。

（——為什麼要救我？為什麼不讓我就這樣死掉！對梵諦崗來說，「神之刃」的存在就這麼重要嗎！你們就這麼需要一個劊子手嗎?!）

不知道是不是注意到御神諸刃眼神中的不甘心，凱薩以毫不帶情緒的平淡語氣，對著床上的病患道：「你如果死掉了，我會很傷腦筋的。」

（……？）

從來沒想到會從戰友的口中聽到這種話，那個對他人甚至自己的生死都一向視若無睹的冰之騎士、戰鬥機器，用略帶不耐的表情繼續開口道：「姑且不論整個梵諦崗裡唯一真心想要救活你的哈利，如果身為No. 1的你不在了，那以後騎士團的文件全都變成我要批閱了，你也知道我最討厭辦公室工作了，所以說，你如果就這樣掛掉了，就等於是白白浪費了兩個人的期待。為了我和哈利，你還得好好活著。還有，趕快好起來工作，這是為了我。」

最後一句話，實在很有凱薩的個人風格。

（——是嗎?原來這就是父親想說的真正意思，還有人需要我，還有我可以回去的地方，所以，我現在還不能到另一個世界去休息的原因，是這樣子的嗎?）

御神諸刃表情茫然的望著凱薩，在他眼中，後者的存在簡直像是太陽一般耀眼，讓他根本無法把目光移開。

「……怎麼了？幹嘛用那種眼光看著我？我先聲明，我可沒有半點那方面的嗜好喔。」
凱薩雙臂交叉，露出了有點苦惱的表情。
（……）
因為同伴的反應實在太過新鮮和有趣，御神諸刃忍不住嘴角牽動。如果他能開口的話，應該會「噗嗤」一聲笑出來吧。
「……你在笑？」
（——……？）
凱薩望著御神諸刃，欲言又止了一下子，最後只道：「認識了你這麼久，這還是第一次看到你笑。」
（——那是因為……）
「因為」什麼，御神諸刃阻止自己繼續想下去，有些時候，並不需要所有問題都勉強去求出答案。不過，自己似乎終於找到了，活下去的理由。
不知不覺中，凱薩已經走到了病房門口，就那樣維持開門出去的姿態，靜靜地說：「我很想跟你說，你暫時什麼都不要管，只要休息就好了，不過，教廷高層因為這次刺客的事情正亂成一團，又傳來最新情報——賈士帝斯那邊似乎已經正式開始動作了，監視他的情報網回報他離開了希臘的隱居之地，正搭飛機前往一座叫做『鬼哭島』的小島，同時動身前往那座孤島的似乎還有很多大角色，賈士帝斯肯定是在籌畫什麼大陰謀……」

（……）

「本來你傷重未癒，對付賈士帝斯這一趟應該是由我出手，但是上面那些老頑固堅信只有『聖人』才能對付『聖人』，加上澳洲那邊傳來情報說『悖德的雙子』——羅伊格爾（Lloigor）和札爾（Zhar）有蠢動的跡象，舊日支配者只能由范郝辛一族去打倒，所以我必須立刻趕赴澳洲，賈士帝斯就只能交給你了。」

（……）

「你沒問題嗎？有信心對付嗎？要我請騎士團的其他人支援嗎？」

雖然始終都沒有正眼瞧過御神諸刃一眼，但是凱薩，的確是以他自己的方式在關心御神諸刃——這就是……這就是友情嗎？

御神諸刃堅定的點了一下頭，而凱薩也似乎正確的收到了戰友所欲傳達的訊息，再不發一語，推門離開。

只是臨走前丟下了一句話。

「等這一切都結束了，我們喝上一杯吧。」

不等御神諸刃有所回答，他就已經離開了。

（——我還活著，而且……）

御神諸刃望向窗戶，棚架上放著幾盆栽種的水仙，太陽的光芒從窗外的縫隙間灑進屋內，象徵一天的開始。

（——我還會繼續戰鬥下去，這是我所選擇的使命，因為我是……）

（——神之刃。）

番外篇《神之刃》完

後記

各位初次見面的讀者朋友大家好，我是作者紅茶君。

各位從系列第一集開始便陪伴尼祿和筆者至今的朋友大家好，我是紅茶君。

《惡魔獵人NERO》可以說是我創作生涯中一個非常重要的里程碑，在停筆超過五年之久，而且在年紀跨過不惑之年的門檻之後，還可以在「輕小說」這種年輕人的領域上創作，甚至還出了實體書……說這是老天爺對我的特別眷顧，一點也不誇張。

每一個曾經翻閱過此書的讀者，還有為出版這本系列所盡過每一分心力的工作室同仁，你們都是我的恩人，感謝你們。

在第一集便英勇陣亡的配角拜倫，在前傳中得以有著吃重的戲分，感覺就像寫到老朋友的事情一樣，心情非常愉快。

另外一個女性角色蜜絲，也是我很想寫的角色，這種具有強烈個人風格的魅力女性，對我而言也是一種寫作上的挑戰（笑）。

當然最重要的，還有「那個人」的外傳，一直以來以規格外的強度殺神誅魔，史上最強的「聖人」——御神諸刃，終於因為本傳頁數不夠的關係，得以有機會獨挑大梁（笑），還和人氣大哥凱薩演出一段曖昧的「斷背山」情史（大誤），各位讀者一定不能錯過！

《惡魔獵人NERO》在此要暫時跟各位道別了，希望，真的希望，還能有機會和各位讀者再見。不過即使尼祿暫時休息了，筆者仍然會努力催生新作，相信在不久的將來，就能和各位讀者在新的冒險故事中再見了。

（作者部落格網址：http://jojo610125.pixnet.net/blog）

二〇一二年十一月某日　於重新觀賞山姆・雷米的《鬼玩人》夜

《惡魔獵人NERO》正篇全六集，全國書店、網路書店、租書店持續熱賣中——

01降臨！舊日支配者　02強襲！火焰之邪神　03真相！阿爾法之心

04危機！饗宴之悲歌　05衝擊！狂戰士雷洛　06終戰！守護的驕傲

狂狷文庫
三國風雲之
曹賊
第二部2013年1月，
新春啟動，敬請期待！
最熱血沸騰的兄弟情誼！最高潮迭起的故事內容！
最令人動容的家族溫情！最暢快淋漓的戰場廝殺！
架空歷史第一知名作者 庚新
用最細節的刻畫，完整呈現您所不知道的三國風貌，
邀請您一同走入歷史，再活一次！
第一部全十卷，全國各大書店、租書店、網路書店持續熱賣中！
★更多詳細內容請搜尋★
不思議工作室
立即搜尋
典藏閣
采舍國際
www.silkbook.com
版權所有© Copyright 2012

七夜茶×嵐月
靈能之森
勇者系作者七夜茶　又一力作
結合修真與魔法的英雄小說
with great power,
comes great responsibility.
傳說，在此刻成為現實——
從天而降的超能力種子，讓平凡少年變身成為超級英雄，
原本他只想利用這新能力來賺點零用錢，
但是，接連發生的追殺事件，卻完全顛覆了他的想像……
少年的體悟——能力越大，責任也越大！
01風暴始動
當少年遇上蘿莉天使……
02戰爭序曲
夢想，靠自己實現！
03天機初現
我想要的自由，無人能阻！
04天海一決
新秩序，由我來制定！
05無咎之心
我願，走自己的正義之路！
8/1
最終完結
全國各大書店、租書
網路書店熱力販賣中
★更多詳細內容請搜尋★
不思議工作室
立即搜尋
典藏閣
采舍國際
www.silkbook.com
版權所有© Copyright 2012

星作者竹某人＋
超可愛畫風繪者MO子
手出擊！！
芙蓉仙傳
01. 芙蓉仙傳之
打工女仙我最大！
02. 芙蓉仙傳之
保鑣女仙我最威！
03. 芙蓉仙傳之
神探女仙我最讚！
是天地精華所生的仙子，備受眾神寵愛，
而……有沒有哪個仙人的興趣是炸丹爐的啊？！
是，為了償還自己日積月累破壞公物的「債務」，
得下凡去幫助凡人渡劫……
——這是歷練，更是還債大挑戰！
購書請洽：全省7-11超商、金石堂門市、誠品等一般書店，或至新絲路網路書店、博客來網路書店、金石堂網路書店訂購。
更多詳細內容請搜尋★
不思議工作室
立即搜尋
典藏閣
采舍國際
www.silkbook.com
版權所有© Copyright 2012

獻給身為貓奴的人類，一部輕鬆、有趣，且帶有現實與魔幻的——
Nekoif-ILLUS
都市貓
Hada della ciduad
Novel-微風婕蘭
一個平凡的夏日午後，一隻突然出現的虎斑貓，對著我
「喂！你三天之後就會死
接著，我眼中的世界變得不一樣
鐮鼬、鳥身女妖、哥布林、史萊姆相繼出現
原來這個世界竟然真的有妖精存
全四集全國各大書店、租書店、網路書店持續熱賣中
01死亡三日倒數計時
02夢想・混亂・上班族
03貓拳對狗掌之誰是守門人
04愛情與記憶的迷宮(END)
★更多詳細內容請搜尋★
不思議工作室_
立即搜尋
典藏閣
采舍國際
www.silkbook.com
版權所有© Copyright 20

飛小說系列037

惡魔獵人NERO前傳
初戰！范赫辛之子

出版者■典藏閣
作　者■紅茶君　繪　者■布里斯
總編輯■歐綾纖
製作團隊■不思議工作室
郵撥帳號■50017206 采舍國際有限公司（郵撥購買，請另付一成郵資）
台灣出版中心■新北市中和區中山路2段366巷10號10樓
電　話■(02) 2248-7896　傳　真■(02) 2248-7758
物流中心■新北市中和區中山路2段366巷10號3樓
電　話■(02) 8245-8786　傳　真■(02) 8245-8718
ISBN■978-986-271-293-1
出版日期■2012年12月

全球華文國際市場總代理／采舍國際
地　址■新北市中和區中山路2段366巷10號3樓
電　話■(02) 8245-8786　傳　真■(02) 8245-8718

新絲路網路書店
地　址■新北市中和區中山路2段366巷10號10樓
網　址■www.silkbook.com
電　話■(02) 8245-9896
傳　真■(02) 8245-8819

☞您在什麼地方購買本書？☜

□便利商店＿＿＿＿＿市／縣＿＿＿＿＿＿＿＿＿便利超商

□博客來 □金石堂 □金石堂網路書店 □新絲路網路書店 □其他網路平台

□書店＿＿＿＿＿＿市／縣＿＿＿＿＿＿＿＿書店

姓名：＿＿＿＿＿地址：＿＿＿＿＿＿＿＿＿＿＿＿＿＿＿＿＿＿＿＿

聯絡電話：＿＿＿＿＿電子郵箱：＿＿＿＿＿＿＿＿＿＿＿＿＿＿＿＿

您的性別：□男 □女

您的生日：＿＿＿＿＿年＿＿＿＿＿月＿＿＿＿＿日

（請務必填妥基本資料，以利贈品寄送）

您的職業：□上班族 □學生 □服務業 □軍警公教 □資訊業 □娛樂相關產業

□自由業 □其他＿＿＿＿＿

您的學歷：□高中（含高中以下） □專科、大學 □研究所以上

☞購買前☜

您從何處得知本書：□逛書店 □網路廣告（網站：＿＿＿＿＿＿） □親友介紹

（可複選） □出版書訊 □銷售人員推薦 □其他

本書吸引您的原因：□書名很好 □封面精美 □書腰文字 □封底文字 □欣賞作家

（可複選） □喜歡畫家 □價格合理 □題材有趣 □廣告印象深刻

□其他＿＿＿＿＿＿＿

☞購買後☜

您滿意的部份：□書名 □封面 □故事內容 □版面編排 □價格

（可複選） □其他＿＿＿＿＿＿＿

不滿意的部份：□書名 □封面 □故事內容 □版面編排 □價格

（可複選） □其他＿＿＿＿＿＿＿

您對本書以及典藏閣的建議＿＿＿＿＿＿＿＿＿＿＿＿＿＿＿＿＿＿＿＿

＿＿＿＿＿＿＿＿＿＿＿＿＿＿＿＿＿＿＿＿＿＿＿＿＿＿＿＿＿＿＿

未來您是否願意收到相關書訊？□是 □否

未來若有校園推廣您是否願意成為推廣大使？□是 □否

✌感謝您寶貴的意見✌

✌From＿＿＿＿＿＿＿＿＿@＿＿＿＿＿＿＿＿＿＿＿＿

♦請務必填寫有效e-mail郵箱，以利通知相關訊息，謝謝♦

印刷品

$3.5

請貼
3.5元
郵票

不思議信箱
FUSIGI POST

235 新北市中和區中山路二段366巷10號10樓

華文網出版集團 收

（典藏閣－不思議工作室）